KB123780

로크미디어가
유혹하는
재미있는 세상

바인더북

바인더북 21

2016년 5월 17일 초판 1쇄 인쇄
2016년 5월 20일 초판 1쇄 발행

지은이 산초
발행인 이종주

기획 팀 이기헌 송윤성
책임 편집 이정규

발행처 (주)로크미디어
출판등록 2003년 3월 24일
주소 서울시 마포구 성암로 330 DMC첨단산업센터 3층 314호
Tel (02)3273-5135 Fax (02)3273-5134
홈페이지 rokmedia.com E-mail rokmedia@empas.com

© 산초, 2013

값 8,000원

ISBN 979-11-5999-171-4 (21권)
ISBN 978-89-257-3232-9 04810 (세트)

BINDER BOOK

바인더북

21

| 산초 퓨전 장편소설 |

contents

BINDER
BOOK

의도는 좋았지만

밤의 네온사인이 어둠을 밀어내고 휘황해지기 시작하는 시각, 광화문 일식집 후쿠오카하나로 다섯 명의 사내가 들어섰다.

40대 초반에서 20대 후반까지 연령 차이가 나는 호리호리한 체격의 사내들은 홍콩의 흑사회를 뒤집어 놓고 간 야쿠자들을 한국까지 추적해 온 멤버들이었다.

앞의 넷은 우치엔, 진지에펑, 리우왕지, 센리우첸이다.

그리고 나머지 한 명은 한국에 거주하며 대림동 차이나타운을 장악한 사내로, 이름은 펑다우였다.

이들은 어디서 급히 구입해서 입었는지 모두 각색의 정장 차림을 하고 있었다.

홀에서 전채를 준비하고 있던 중년의 여인이 이들이 들어서는 것을 보고 얼른 손을 닦고는 종종걸음으로 다가와 허리를 절반으로 꺾으며 맞았다.

"이랏샤이마세(어서 오세요)."

머리를 틀어 올린 기모노 차림의 중년 여인은 후쿠오카하나의 주인인 하나코였다.

헛기침을 한 우치엔이 입을 열었다.

"크흠, 시즈카나 헤야오 오내가이시마스(조용한 방을 원합니다)."

"아!"

앞장선 사내의 입에서 일본어가 튀어나오자 이빨이 드러나도록 미소를 짓는 하나코다.

"우레시이데스(반갑습니다). 고닝 샤마데이랏 샤이마스까(다섯 분이십니까)?"

"하이."

"오타쿠시니 츠이테 키테 쿠다사이(이리로 오세요)."

주인 하나코가 앞장을 서자, 다섯 사내가 조용히 따랐다.

하지만 은연중 뿜어내는 눈빛은 실내를 뇌리에 새기기라도 하겠다는 듯 날카롭게 빛났다.

좁은 모퉁이를 돈 하나코가 멈추더니 왼손으로 방을 가리켰다.

"쇼군 루므데스(쇼군 룸입니다)."

"쇼군?"

"하이."

"다이묘 루므 아리도 키키마시(다이묘 룸이 있다고 들었소)."

"조코와이 시사마 나이마스(거긴 손님이 있습니다.)"

"아!"

스르륵.

하나코가 미닫이문을 열었다.

"오하리끄다사이(들어가시지요)."

"크흠, 스까다가나이요(할 수 없지)."

구두를 벗는 우치엔의 일본어는 어색하지 않았다.

"허이이나사이(들어가세)."

"하이!"

"하이."

"쇼쇼 오마치구다사이마세(조금만 기다려 주시기 바랍니다)."

탁!

미닫이문을 닫은 하나코가 주방으로 가더니 뭐라고 일러두고는 그 즉시 다이묘 룸을 향해 몸을 돌릴 때, 또다시 현관문이 열리면서 일단의 무리가 들어왔다.

이번에는 여섯 명의 사내로, 차림이 제각각인 부류였다. 사내들 중에는 호리호리한 체격의 원킬이 끼어 있었다.

하나코는 사내들의 차림에 살짝 눈살을 찌푸렸다.

그도 그럴 것이 일식집 후쿠오카하나는 그리 싼 집이 아니어서 정장 차림이 아니면 별로 반갑지 않은 손님이었기 때문이었다.

참치 한 토막, 즉 두부 한 모를 10분의 1로 쪼갠 크기의 가격이 5천 엔을 호가하니, 웬만한 사람은 들어오지도 못하는 음식점인 것이다.

그래도 손님은 손님이라 하나코가 그녀 특유의 종종걸음으로 사내들을 맞이했다.

당연히 그녀의 손님맞이 신공인 허리 절반 꺾기가 재현됐다.

"이얏사아마세."

"아아, 마담, 거 받침 없는 말씨는 집어치우고 우릴 다이묘 룸으로 안내해 줘."

원킬이 나서면서 내뱉듯 말을 툭 던졌다.

"……!"

대뜸 튀어나오는 쌍스러운 말투에 하나코의 고운 아미에 보일 듯 말 듯 한 골이 파였다.

'흥! 무식한 조센징 같으니…….'

한국말이었으니 패거리들이 한국인들임을 알아본 하나코다.

하지만 실상은 원킬을 제외하고는 대림동 지역의 차이나거리를 장악하고 있는 꿩다우의 부하들이었다.

뭐, 똥개도 제집 앞마당에서 한 수 먹고 들어가는 판국이

니, 언제 샐쭉했냐는 듯 금세 표정을 회복한 하나코가 코맹
맹이 소리를 냈다.

"이를 어쩌나? 그 방은 지금 선객이 들어 있는데요."

"뭐? 먼저 온 손님이 있다고?"

"네."

"이런, 제길……. 그럼 쇼군 룸이라도 줘."

후쿠오카하나를 잘 아는 양 원킬이 룸의 이름을 줄줄 읊어
대며 요구했다.

당연한 것이 비록 경복궁파가 아닌 서소문파라지만 상대
파의 업소에 대해서는 줄줄 꿰고 있는 원킬이다.

"거기도 찼어요. 아쉽지만 사무라이 룸으로 모실게요. 괜
찮죠?"

"쳇! 돈을 갈퀴를 끄는구만. 안내해."

"네, 모시겠습니다."

돌아서 앞장서는 하나코의 얼굴은 마지못해 손님을 맞
이하는 표정이었지만, 걸음걸이는 그런 티 하나 없이 조신
했다.

원킬이 하나코의 뒤를 따라가면서 물었다.

"화장실이 어디지?"

"아, 현관 우측에 있습니다."

"그래? 어이! 현관에 있단다. 갔다 와."

미리 계획된 설정이었던지 원킬의 말에 두 명의 사내가 슬

며시 이탈했다.

한데 출입구로 향하던 두 명의 사내가 잠시 하나코를 일별하더니 재빨리 주방 쪽으로 방향을 틀었다.

이어서 한 사내는 한창 전채를 준비하고 있던 여종업원에게로 향했고, 다른 하나는 오픈된 주방 난간을 훌쩍 뛰어넘었다.

"아······."

"어, 어······."

두 사내의 난데없는 행동에 당황한 주방장과 여종업원들의 입이 살짝 벌어질 때, 두 사내의 손에는 이미 시퍼렇게 날이 선 칼이 들려 있었다.

"시즈카니시로(조용히 해)!"

"나까니 하이떼(주방으로 가)!"

한 사내는 주방장을 비롯한 직원들을 위협했고 다른 사내는 여종업원들을 주방 안으로 몰았다.

모두들 시퍼렇게 날이 선 칼 앞에서 사색이 되어 두 손을 반쯤 세우고는 주방 안쪽으로 밀려 들어갔다.

두 사내 모두 일본어가 능숙한 것을 보면 일부러 그런 멤버를 고른 듯했다.

아마도 중국인임을 드러내지 않으려는 의도인 것 같았다.

"쉿! 지인무꼬나이데(입도 벙긋하지 마)!"

그렇게 말한 사내가 서릿발 같은 시선을 뿜어내며 칼을 쭉 내밀어 휘휘 내저었다.

이에 입을 틀어막은 주방장과 여종업원들이 그 자리에 주저앉더니 몸을 잔뜩 웅크렸다.

그와 동시에 처음 여종업원들을 위협했던 사내가 잽싸게 달려가 출입문을 잠그고는 돌아왔다.

때를 같이하여 출입문을 잠그고 돌아가는 사내를 흘깃한 원킬이 회심의 미소를 자아내고는 쇼군 룸의 문을 두드렸다.

콩콩콩.

그것이 신호였던지 쇼군 룸에 들었던 사내들이 문을 살짝 열고는 조용히 빠져나왔다.

조용했지만 행동은 기민했다.

"나이노(무슨)…… 흡!"

갑작스러운 상황에 하나코의 입이 열리자마자 우악스러운 손이 틀어막아 버렸다.

"시즈카니시로."

"읍읍, 으읍으……."

하나코가 몸부림을 치며 도리질을 쳐 댔지만 입을 꽉 틀어막은 우악스러운 팔은 꿈쩍도 하지 않았다.

거기에 날카로운 칼마저 눈앞에 어른거리자 눈을 질끈 감은 그녀의 몸이 뻣뻣하게 굳어 버렸다.

그때, 우치엔이 오른손을 들었다.

그러자 흑사회 멤버들의 자세가 확연히 달라졌다.

마치 생사투를 앞둔 전사처럼 눈에 투기가 들어차기 시작했다.

아울러 몸에 기를 불어 넣는 듯 양팔을 들어 크게 원을 그리며 단전에서 마무리하는 행동들을 취하고는 결의를 다지는 모습이다.

그와 때를 같이하여 우치엔의 오른손이 다이묘 룸을 가리키며 급습하라는 신호를 보냈다.

우치엔을 뒤로한 흑사회 멤버들이 문을 부술 듯이 앞으로 짓쳐 갔다.

한편, 어느 정도 시간이 흘러 웬만큼 흥이 돋았는지 다이묘 룸 안은 서로 권커니 잣거니 하며 화기애애한 분위기였다.

닌자 가문의 후계자인 무라카미 역시 분위기에 취했는지 어느새 얼굴이 불콰해져 있었고, 입가에서 미소가 떠나지 않았다.

술을 자제한다고는 했지만 연신 술을 권하는 친구, 혼토의 권주를 마다할 수 없었던 무라카미는 제법 얼큰해진 상태였다.

그러나 지난 세월의 수련이 간단치 않았던 무라카미였던지 막 술을 들이켜려다 어느 순간, 멈칫한 기색을 띠었다.

이어 감각이 칼끝처럼 예민한 무라카미의 기감에 뭔가 심상치 않은 조짐이 감지된 듯 눈꼬리가 살짝 치켜졌다.

아무리 얼큰해지도록 술을 마셨다지만 어떤 상황에서든 긴장이 몸에 배어 있는 무라카미다.

하나코가 내뱉다가 만 음성과 미닫이문이 열리는 소리 등의 기척이 극도로 예민해져 있는 기감에 걸리는 게 당연했다.

하지만 기감에 전해지는 느낌이 그리 살벌한 것 같지가 않아 예측을 할 수가 없었다.

살기가 실려 있다면 피부가 따끔거릴 정도로 느끼는 단련이 되어 있는 무라카미다 보니 긴가민가했다.

수시로 무라카미의 기색을 살피던 겐지가 술을 들이켜려다 서로 눈이 마주쳤다.

쓰윽.

겐지에게 바깥을 살펴보라는 신호를 보낸 무라카미가 출입문을 노려보면서 손을 품속에 넣었다.

"......!"

무라카미의 기색이 심상치 않음을 감지한 겐지가 동료 야쿠자들에게 무언의 암시를 주고는 살며시 일어섰다.

덩달아 동행한 야쿠자들 역시 먹고 마시던 것을 멈추고 조용히 일어섰다.

자연 화기애애하던 술자리가 어색해지면서 침묵이 찾아들었다.

툭!

히메마사가 유일한 여성인 세이카의 옆구리를 치고는 손으로 바닥을 가리켰다.

식탁 아래에 몸을 숨기라는 뜻.

룸은 좌식 형태를 띠고 있었지만 바닥이 파여 있어 의자에 앉은 것이나 다름없는 구조였기에 몸을 숨기기에 적당했다.

히메마사 역시 겐지와 그 동료들이 움직이는 동작만으로 뭔가 심상치 않음을 느낀 것이다.

전투력이 없는 세이카의 안전을 먼저 생각한 히메마사 역시 천천히 몸을 비껴 세웠다.

비록 중년에 가까운 나이였지만 언제든 한 팔 거들 수 있는 히메마사도 야쿠자였다.

그것도 중간 보스 출신의 구미쵸組長였다.

이는 교쿠토카이의 오카모토 역시 마찬가지여서 무라카미의 눈짓 하나 동작 하나를 신뢰하고 있었다.

세이카가 몸을 완전히 숨기는 순간, 무라카미의 눈썹이 역팔자로 곤두섰다.

흑사회 멤버들이 기습을 준비하느라 기를 모을 때였다. 진하디 진한 살기가 겐지가 문을 열었을 때 절정에 달했다.

무라카미의 입에서 고함이 터져 나왔다.

"겐지!"

드르륵!

미닫이문이 거칠게 열리고 동시다 싶을 정도로 곧바로 한

떼의 사내들이 고함과 함께 벼락같이 실내로 들이닥쳤다.

"고로시떼(죽여)!"

"기슈다(기습이다)!"

선두에 선 진지에펑의 살기에 찬 고함과 겐지의 입이 터진 것은 동시였다.

때를 같이하여 무라카미가 품속에 넣었던 손이 튀어나오면서 두 차례의 번개 같은 손목 스냅이 펼쳐졌다.

슈슉! 슉!

닌자들 특유의 암기인 표창이 날카로운 파공성에 섞여 선두의 진지에펑을 향해 쇄도했다.

"헉!"

문이 열림과 동시에 바닥을 차고 들이치던 진지에펑은 예리한 파공성에 다급한 기음을 토해 내더니 본능적으로 두 팔을 엑스 자로 만들어 가슴을 보호했다.

깡! 까앙-!

표창이 부딪치자 난데없이 쇳소리가 터져 나왔다.

하박에 강철 토시를 한 덕을 톡톡히 본 진지에펑이었다.

이는 통배권을 연마한 무술인들이 주로 팔을 사용하기에 토시를 차는 것이 필수였던 덕에 벌어진 현상이었다.

게다가 워낙 가까운 거리였던 터라 치명타를 주기에는 역부족이었던 표창이 맥없이 바닥에 떨어졌다.

"오야붕! 가끄시떼 구타사이(피하십시오)!"

경악한 겐지가 자신을 덮쳐 오는 사내를 무시하고 진지에
펑 앞으로 몸을 던지며 소리쳤다.

이는 격투에 자신이 없어서가 아니라 닌자가 접근전에서
불리할 수밖에 없기에 좁은 장소를 탈출하라는 의미였다.

닌자들의 특기는 근접전이 아닌 은밀함을 요구하는 암살
이었으니 당연한 조치였다.

탈출의 순서는 당연히 무라카미가 먼저였다. 고로 수하들
이 몸을 사리지 않고 필사적으로 내던지는 것은 자신들의 희
생을 무릅쓰고라도 무라카미를 탈출시키려는 의도였다.

퍼억!

"크억!"

표창을 막은 진지에펑이 별안간에 무방비로 몸을 던져 오
는 겐지의 턱을 세모꼴로 날을 세운 손으로 가격하자 억눌린
비명이 토해졌다.

겐지가 충격에 까무룩해지는 찰나, 무라카미가 앉은 자세
에서 바람처럼 가볍게 몸을 붕 띄우더니 벽면을 차고 튕기듯
진지에펑에게 날아들었다.

"흥!"

진지에펑이 쇄도해 오는 무라카미를 향해 콧잔등을 찍기
라도 하듯 오른팔을 비틀어 주먹을 뱀 대가리 모양으로 만들
어 쭉 내뻗었다.

'엉?'

주먹에 걸리는 감각이 없다 싶은 순간, 테이블을 발끝으로 살짝 디딘 무라카미의 신형이 어느새 진지에펑의 손등을 '툭' 건드리고는 그 반탄력을 이용해 깃털처럼 사뿐 도약했다.

　이어 공중제비를 돈 무라카미의 신형이 탄환이 되어 밖으로 쏘아졌다.

　그와 동시에 예의 표창을 출구를 가로막고 선 우치엔을 향해 날려 보냈다.

　고난도의 이중 동작.

　쉑! 쉐엑!

　파공성이 들리는 순간, 우치엔의 양팔이 빠르게 원을 그렸다.

　파락. 파라락! 퍽. 퍽.

　빛살처럼 쏘아져 오는 표창을 소매 깃으로 빗자루 쓸듯 방향을 바꿔 버리자 표창이 벽에 푹푹 박혔다.

　우웅!

　돌연 우치엔의 신형이 풍차처럼 돌았다. 전신의 힘이 실린 돌려차기였다.

　쑤욱!

　허공에 뜬 무라카미의 몸통을 향해 우치엔의 발이 쭉 뻗었다.

　쉬이익.

　빙글.

진력이 실린 우치엔의 발이 닿을 찰나, 한 번 더 공중제비를 돈 무라카미가 깍지를 꼈던 팔을 풀고 무릎을 쭉 폈다.

순간 '퉁' 하고 몸이 일자로 곧추선다 싶더니 마치 도움닫기라도 하듯 우치엔을 가볍게 뛰어넘어 복도에 사뿐히 내려섰다.

"다슈뚜시데(탈출해)!"

그 한마디를 남긴 무라카미가 출입문을 향해 질주했다.

"왕빠단!"

자신도 모르게 중국어가 튀어나온 우치엔이 무라카미의 뒤를 쫓아갔다.

우치엔이 뒤쫓는 것을 본 원킬이 황급히 뒤를 따랐다.

"다케로꼬도(피해)!"

"겐지어 사사이떼(겐지를 부축해)!"

무라카미의 목소리를 들은 닌자들이 치열한 근접 격투를 하다 말고 진지에펑에게 표창을 무더기로 뿌리고는 사방으로 몸을 내던졌다.

스기유치 도시야는 겐지를 들쳐 없고는 마사히로의 호위를 받으며 탈출을 감행했다.

"헛!"

표창이 시야를 가득 메우는 순간, 기겁을 한 진지에펑이 바닥에 납작 엎드렸다.

쾅! 쾅! 쾅! 우지직! 뿌직!

진지에펑이 바닥에 엎드리는 사이 닌자들로 인해 경량 패널의 벽체가 단번에 박살 나면서 조각난 부산물들이 사방으로 비산했다.

벽체를 뚫고 튀어나온 닌자들이 복도를 통해 뿔뿔이 흩어져 줄행랑을 치자, 당황한 흑사회 멤버들이 잽싸게 뒤를 쫓았다.

한데 막 뒤쫓으려던 이들의 발목을 잡는 자들이 있었다.

"도마스따(멈춰)!"

히메마사가 리우왕지의 허리를 휘감으며 추적을 저지했고, 오카모토는 센리우첸의 앞을 막아섰다.

혼토는 대림동 두목인 꿩다우를 맞아 한창 드잡이를 하고 있는 중이었다.

둘의 대결은 혼토가 다소 유리한 듯 꿩다우의 안면은 이미 피 칠갑으로 화해 있었지만 결사적으로 엉겨들고 있었다.

주먹과는 거리가 먼 고바야시와 나카지마는 놀란 나머지 이미 벌렁 나자빠져 있는 상태였다.

두 사람은 험악한 사태에 멘탈이 붕괴됐는지 안색이 백짓장처럼 변한 채 입만 쩍 벌리고는 전형적인 먹물들의 태도를 취하고 있었다.

팍! 파팍! 팍!

"커헉. 킥!"

히메마사는 등짝으로 전해지는 고통에 비명을 흘리면서도

부여잡은 허리를 끝까지 놓지 않고 결사적으로 버텼다.

탁! 투탁! 탁! 탁!

"으윽! 윽!"

물결치듯 타격해 오는 센리우첸의 현란하고도 밀도 높은 공격에 오카모토는 정타를 연거푸 허용하며 고전을 면치 못하면서도 이를 악문 채 앞을 틀어막았다.

그렇게 일식집 후쿠오카하나가 느닷없는 사태로 인해 난장판이 되어 가고 있을 때, '삐이익!' 하는 휘파람 소리가 들려왔다.

"인따이스러(물러난다)!"

우치엔의 신호였던지 진지에펑이 휘파람 소리를 듣자마자 급히 물러나면서 외쳤다.

그러자 기다렸다는 듯 나머지 멤버들도 격투를 멈추고 황급히 빠져나오더니 이내 출입문 쪽으로 달아났다.

벼락같이 덮쳤다가 번개처럼 사라지들 흑사회 멤버들.

그러나 결과는 기습을 단행했음에도 불구하고 소기의 목적을 달성하는 데는 실패한 격이 되어 버렸다.

하지만 전력을 소진시키는 것도 목적이었다면 성공한 일면도 있었다.

혼토는 추적할 생각도 못 하고 멍한 상태로 서 있었다.

그도 그럴 것이 바로 지척에 사무실이 있는 안마당에서 기습을 당했기 때문이었다.

더욱이 자신이 초대한 상태에서 벌어진 일이라는 더 어이가 없었다.

하지만 그것도 잠시, 입을 꽉 깨문 혼토의 주먹이 격분으로 부르르 떨었다.

"이, 이익. 카나라스 시쿠시어스루(반드시 복수하겠다)."

"으으……."

잠깐 사이에 초죽음이 된 히메마사가 널브러진 채 꿈틀거리며 입가로 신음을 흘려 냈다.

"히, 히메마사 님!"

식탁 밑에 숨어 있던 세이카가 황급히 다가와 히메마사를 부둥켜안았다.

넋을 놓고 있던 나카지마가 퍼뜩 정신을 차리고는 소리쳤다.

"하나코!"

"하, 하이, 나카지마 상."

"큐큐사우 수구니 니온데(구급차를 빨리 불러)!"

"하이. 하이."

"어? 무라카미잖습니까?"

후쿠오카하나 앞의 간이 벤치에서 담용과 함께 앉아 있던 정광수가 황급히 빠져나오는 무라카미를 보고 움찔했다.

"그러네요. 혹시 우치엔 패거리의 기습이 실패한 게 아닐까요?"

"그럴 수도…… 얼라?"

대답을 하던 정광수가 뒤따라 나오는 우치엔을 보고는 엉덩이를 들썩했다.

"정 팀장님, 티 내지 마세요."

"아, 예."

아차 싶었던지 정광수가 다시 앉으며 말했다.

"실패했네요. 이제 어쩌죠?"

담용도 이런 경우에 대해서는 대책이 없었던지 마음속으로 갈등하고 있었다.

"그, 글쎄요."

'이거 참…….'

마음 같아서는 도주하는 무라카미나 뒤쫓는 우치엔에게 한 방 먹여 주고 싶었지만 둘 다 담용 자신으로 인해 비롯된 일이라 선뜻 내키지가 않았다.

더구나 두 패거리 모두 자신에게 피해를 당한 자들이 아닌가?

"헐!"

무라카미가 앞을 지나치고 우치엔이 다다랐을 때, 정광수가 불식간에 얕은 탄성을 자아냈다.

이유는 쏜살같이 내달리던 무라카미가 달리던 탄력을 이용해 5층 건물을 향해 마치 파쿠르Parkour를 하듯 다람쥐처럼 벽을 타더니 옥상으로 훌쩍 올라 사라졌기 때문이었다.

"으아—!"

기어코 정광수의 입에서 환호와 같은 탄성이 터져 나왔다.

이는 정광수뿐만 아니라 지나던 행인들 역시 마찬가지여서 저마다 탄성을 터뜨리고는 옥상을 올려다보았다.

저녁 식사 때라 지나는 행인들이 적지 않음에도 무라카미는 주저 없이 그의 주특기를 발휘해 행방을 감춰 버린 것이다.

"헐! 저, 저 자식…… 뭐가 저리 날쌔."

"……!"

정광수의 말이 아니더라도 담용 역시 눈앞에서 본 무라카미의 동작에 충격을 받긴 매한가지였다.

'뭐야? 야마카시, 아니 파쿠르의 달인이었나?'

담용은 초능력자인 그조차 엄두를 내지 못하는 동작으로 사라져 버린 무라카미를 보고 불현듯 세상은 넓고 또 별의별 인간이 다 있다는 것을 새삼 깨달았다.

그야말로 5층 건물을 단숨에 올라 행적을 감추는 재빠른 몸놀림은 담용으로 하여금 개안하게 만들기에 충분했다.

파쿠르.

다양한 장애물들을 효율적으로 통과하는 일종의 개인 훈

련 중 하나를 말한다.

일명 '야마카시'라도 하는데, 이는 파쿠르의 창시자라고 할 수 있는 다이비드 벨의 팀 이름에서 기인한 것이라 올바른 용어가 아니다.

더구나 2000년도인 지금은 파쿠르는커녕 야마카시란 이름 자체도 생소한 때여서 담용은 그 용어를 입 밖에 내지 않았다.

'프리러닝'이라는 용어조차도 아직 도입되지 않은 때인 것이다.

어쨌든 기억 저편에서도 말로만 듣던 파쿠르의 달인을 눈앞에서 대하자, 담용도 적지 않게 놀랐다.

이는 아직 무라카미가 닌자 가문의 후계자임을 알지 못하고 단순히 야쿠자의 조장 정도로만 인지하고 있어서였다.

"지금…… 봐, 봤습니까?"

"……예."

아직도 경탄성이 진득하게 묻어 있는 말투로 정광수가 묻자 담용이 고개를 끄덕였다.

"후아! 점프와 동시에 창틀만 잡고 5층 건물을 단번에 오르다니…… 다람쥐보다 더한 놈인데요?"

"그러게요."

애써 무덤덤하게 대답하는 담용의 눈에 그야말로 닭 쫓던 개 지붕 쳐다보는 격인 우치엔이 들어왔다.

곧이어 숨을 헐떡이는 원킬이 도착하고 연달아 우치엔의
패거리가 떼로 몰려들었다.

"나? 노꼬리마야스라(뭐야? 나머지 놈들은)?"

"노가스마시따(놓쳤습니다)."

고개를 외로 꼰 진지에펑이 대답했다.

"바가야로(바보 같은 놈)."

"멘보끄나 아리마셍(면목이 없습니다)."

"데따이시데(철수해)."

"하!"

대답을 한 진지에펑이 수하들에게 따라오라는 손짓을 하
고는 앞장을 섰다.

서둘러 떠나는 흑사회 멤버들을 본 정광수가 콧방귀를 날
렸다.

"흥! 짜식들이 끝까지 쪽발이 흉내를 내는데요?"

"그럴 수밖에 없지요. 중국인이라는 티를 냈다가는 오히
려 역으로 당할 수 있으니 말입니다."

"야쿠자들은 LD호텔로 가겠지요?"

"그럴 겁니다. 아마 흑사회도 LD호텔로 갈 겁니다."

"아! 정보를 흘렸으니……."

담용이 중국 식당에서 구동진과 대화하는 과정에서 LD호
텔을 언급했기에 바보가 아닌 이상 야쿠자의 숙소로 향할 것
이 틀림없었다.

"놈들이 부딪치면 LD호텔이 한바탕 홍역을 앓을 텐데요. 이대로 놔둘 겁니까?"

"소공동이면 중부경찰서지요?"

"예."

"LD호텔이면 외국인 손님들이 많을 테니 정보를 제공해 주시는 게 좋겠네요. 놈들이 격돌을 하게 되면 애먼 피해자들이 생길 수도 있습니다."

"알겠습니다."

정광수가 휴대폰을 들 때, 담용은 작금의 상황에 대해 계속 고민하고 있었다.

'쯧, 난감하네.'

기실 야쿠자와 흑사회를 상잔시키기 위해 이이제이以夷制夷의 수법을 썼지만 결과가 엉뚱하게 나올 줄은 전혀 예측하지 못했다.

'묘수가 없을까?'

서로 상잔시킴으로써 대충 결말을 맺고 끝내려던 의도가 어긋나 버리자 당장 떠오르는 것이 없었다.

담용이 이렇듯 신경을 쓰는 이유는 아무리 유추해 봐도 이들이 한국에 들어온 것이 자신 때문이라 여겨졌기 때문이다.

모르쇠로 일관하며 손을 놓고 있자니 언젠가는 진실이 밝혀질 것이라는 불안감이 있었다.

또 신경을 쓰자니 하루를 25시간으로 늘려도 모자랄 업무가 산재해 있어 일일이 감시하며 붙어 다닐 수도 없는 노릇이라 이를 해결한 뾰족한 수가 있어야 했다.

"담당관님, 중부서에서 인근 파출소 인원과 형사들을 급파해 조치하겠다고 합니다."

"아! 예, 서두르라고 하지 그랬어요."

"회사를 팔았으니 알아서 할 겁니다."

국정원을 들먹였다면 일선 경찰서로서는 촌각도 머뭇대지 못한다.

그만큼 신곡하게 움직인다면 먼저 도착할 야쿠자들은 몰라도 흑사회 패거리가 도착하기 전에 경계를 취할 수 있다.

'기동대가 창설됐더라면 더 빠를 텐데 아쉽군.'

경찰기동대는 전경과 의경이 폐지되자 그것을 대체하기 위해 2008년에 가서야 창설된다.

"근데 고민이 있습니까? 안색이……."

"어? 그렇게 보입니까?"

"예. 진즉에 말을 붙이려다가 뭔가 골똘히 생각하는 것 같아서 기다리다가 더 이상 시간을 지체할 수 없어서 말을 건넨 겁니다."

"하핫, 미안합니다."

"뭘요. 고민이 있다면 나누지요. 한 사람보다는 두 사람의 생각이 더 낫지 않겠습니까?"

"그게…… 저자들을 어찌해야 하나 해서요. 의도했던 바가 어긋나다 보니 당장 떠오르는 게 없어서요."

"하하핫, 난 또……. 그냥 내버려 두면 되지요."

"예?"

"아, 지네들끼리 서로 경계하며 싸우도록 두잔 말입니다. 딱히 피해가 없다면 우리는 구경만 하고 있으면 되지 않겠습니까?"

"어…… 그, 그게 가능하겠습니까?"

"야쿠자들이 국내에 들어온 누군가를 찾아왔다면서요?"

"그, 그렇다고 들었습니다."

단초가 된 사실을 자세히 말해 주지 않았으니 정광수가 아는 것은 그 정도였다.

"흑사회 놈들은 야쿠자들을 뒤쫓아 왔고요?"

"맞아요."

"그렇다면 간단하지 않습니까? 야쿠자들이 목적한 인물을 찾든 못 찾든 상관없이 서로 박 터지게 싸울 거란 말이지요."

"그야……."

담용도 그 점을 생각지 않았던 것은 아니었지만 그냥 내버려 둔다는 것이 영 꺼림칙해서 더 고민해 보고 있는 중이었다.

"정 걱정이 되시면 저희 팀이 전담반이 돼서 놈들을 동향을 살펴보도록 하면 되지 않겠습니까?"

"다른 임무는요?"

"맡은 임무가 그리 많은 것도 아니고, 또 그리 복잡하거나 어려운 임무도 없으니 저놈들을 맡아도 지장이 없습니다. 뭐, 담당관님이 차 과장님에게 말을 해서 양해를 구해야겠지만요."

"차민수 과장님요?"

"예, 직속상관이니까요."

"그거라면 어려울 게 없지요."

2차장 휘하의 차민수라면 담용과 서로 친한 사이이기도 했지만 무소불위의 권한을 지닌 OP 요원이 된 지금은 언질만 주어도 만사 오케이다.

5급 공무원으로 담당관이란 직함을 지녔던 때보다 격이나 간극이 더 벌어진 덕이었다.

하지만 대외적으로는 변한 것이 없는 상태.

물론 그조차도 보안 요원들 중 제한된 인원들만이 알고 있는 사실이었지만 말이다.

그래서 장담할 수 있었다.

"알겠습니다."

"그럼. 해결이 된 셈이네요."

"그렇긴 한데…… 아무래도 야쿠자 측에 정보가 들어가겠지요?"

"어디…… 아! 중부서에서 말입니까?"

"꼭 중부서가 아니더라도 친일파는 어디든 존재하니까

요."

"흠, 알고 계셨군요."

"어쩌다 보니 저절로 알게 되더군요."

말은 그랬지만 결코 우연히 알게 된 일은 아니었다.

야쿠자들과 접촉을 하다 보니 정치인이든 관료든 이런저런 이유로 관계되지 않은 부서를 찾기가 더 힘들다는 것을 이제는 안다.

특히나 시기로 보아도 사금융이 제도권으로 진입하는 때라 막대한 자금력을 보유한 야쿠자들이 곳곳에다 돈질을 하느라 극성을 떨어 대는 것은 당연한 수순이었다.

달러가 바닥 상태인 대한민국은 과부 달러 빚이라도 져야할 판국이다.

자연 국내로 반입되어 들어오는 돈은 종류를 불문하고 받아들이고 있는 형국이니, 야쿠자 자금이 손쉽게 국내에 들어와 자리를 잡는 것은 여반장이었다.

그 한 예가 바로 홍수광의 정보망팀에서 해킹으로 알아낸 일본 다이오신용금고에서 한국의 대화금고로 어마어마한 자금을 송금한 일이었다.

그것도 물경 2천억 엔. 한화로 환전하면 2조 원에 달하는 '뜨헉' 한 거금이다.

이 역시 일본 야쿠자 조직 중 하나인 도쿄 아사쿠사의 미츠바카이가 조성한 자금이었다.

'염병할…… 그러고 보니 개나 소나 떼거리로 몰려오는구나.'

곧 자빠질 듯 골골하며 아사 직전에 있는 대한민국이란 덩치이다 보니 먹을 것이 풍부해 하이에나 떼가 몰려드는 것은 당연했다.

골골? 아사 직전?

그런데 먹을 게 많다?

역설적이긴 하지만 틀린 말이 아니다.

일본은 현재 제로금리 상태다. 즉, 은행에 돈을 맡겨 놔도 이자가 단 1엔도 붙지 않는다는 것.

아니, 오히려 은행에서 보관료를 내놓으라고 할 판이다.

그렇다고 돈을 집에다 마냥 쌓아 놓을 수는 없는 일.

이자 수익이 없더라도 천생 은행에 보관할 수밖에 없는 상황이라 금융회사라면 어디든 돈을 섬으로 쌓아 놓고 있다고 해도 과언은 아니었다.

자연히 주체치 못하는 자금을 해외로 돌릴 수밖에 없다.

그렇다면 금리가 비싼 시장이 제격이다.

그중에서도 경제가 골골하면서 아사 직전에 있다면 더없이 좋은 먹잇감일 것이다.

즉, 비싼 금리를 받고 돈을 빌려줄 수 있는 나라.

바로 이웃나라인 대한민국이다.

일정한 요건만 갖춘다면, 아니 요건을 갖추지 못하더라도 정치 권력자나 관료 들에게 로비만 잘하면 돈은 무한정 들여올 수 있는 구조가 현재의 대한민국이었다.

'쩝, 아무리 돈이 궁해도 그렇지.'

그렇게 들여온 돈이 향후 얼마나 많은 서민들의 피눈물을 흘리게 하는지 기억의 저편에서 온몸으로 겪었던 담용이다.

시장경제의 붕괴니 통화량의 포화 상태니 하는 경제 논리는 이미 논외의 대상이 되어 버렸다.

일이 벌어졌지만 누구도 책임지지 않는 IMF하의 대한민국은 그렇듯 이래저래 막장으로 치닫고 있었다.

그나마 다행인 것은 담용이 야쿠자들의 돈을 가로챔으로써 다소나마 그런 현상이 지연됐다는 점이었다.

그러나 일개인의 소소한 애국심에서 우러난 행동이 일국의 거대한 경제라는 거센 파도를 감당하기에는 불가항력일 수밖에 없는 일.

하지만 중도에서 포기할 수 없어 홍수광의 정보망팀에 일본 자금의 동향을 예의 주시하라고 했던 것이다.

그 결과 다이오금고가 한국 지부인 대화금고로 송금한 돈을 포착할 수 있었다.

'대화금고가 명동에 있으니 창고를 찾는 것이 중요해.'

향후 사금융의 종잣돈이 되는 자금이 2조원이다.

자린고비 짓만 일삼았던 일본인들이 이렇듯 어마어마한 금액을 조성해 한국으로 송금했다니 어딘가 살짝 어긋난 듯

한 기분이었지만, 담용이 아무리 회귀했다고는 하나 기억 저편의 일들을 전부 알 수는 없는 일이었다.

'이맘때쯤 사채업자들이 기승을 부리게 된 원인이 바로 야쿠자들이 자금을 무한대로 풀었기 때문이란 건데…….'

물론 정확한 건 아니다.

기억의 저편에서 부동산업에만 종사했던 담용이 금융업에 밝지 못한 것이야 당연한 일.

그러나 보고 들은 것을 토대로 해 보면 대충 지금이 그 시기라는 것을 어림으로나마 짐작할 수 있었다.

또한 한국 시장에 어두운 야쿠자들이 가장 먼저 취한 행동이 국내 소규모의 사채업자들에게 돈을 빌려주는 일이었다. 그렇게 금융업에 첫발을 디딘 것이다.

즉, 사금융계의 전문가들을 이용한 밑밥 뿌리기 작전.

사채업자들이 그 돈을 급전이 필요한 서민들에게 빌려주며 온갖 패악을 저지르기 시작한 것도 이때였고, 점점 세력이 왕성해져 갔다.

서민들의 눈물이 본격적으로 흐르기 시작한 것 또한 이 시기였던 것을 보면, 야쿠자들의 의도는 제대로 맞아떨어졌다고 할 것이다.

물론 아직은 본격적으로 돈이 풀리기 전이라 서민들은 어려운 가운데서 근근이 생활을 영위해 가고 있는 시점이다.

담용은 자신으로 인해 그들의 눈물을 조금이라도 닦아 줄 수 있다면 그것으로 만족이었다.

'놈들이 그 많은 돈을 사무실에 두는 어리석은 짓은 하지 않을 테고…….'

문제는 그만한 거액을 사무실에 쌓아 둘 수는 없다는 것.

필시 창고에 쌓아 뒀을 것이 틀림없다.

고로 자금 창고가 어디에 있느냐 하는 것이 당면한 숙제였다.

'헐! 30억이 한 팔레트니, 2조원이면 무려 666팔레트네.'

팔레트pallet란 'PLT'라는 약칭으로 쓰기도 하는 깔판으로 일종의 화물 단위를 말했다.

즉, 지게차 따위로 물건을 실어 나를 때 물건을 안정적으로 옮기기 위해 사용하는 구조물인 것이다.

여기에 세팅된 돈을 얹으면 정확하게 30억 원이 실린다.

2조원이면 그것이 무려 666개란 얘기다.

그런데 하필이면 요한계시록에 나오는 악명 높은 숫자라니…….

생각해 보니 정말 그렇다.

666개의 팔레트를 건들면 잘못되는 것인지, 아니면 666이란 숫자에 의해 악몽이 깃들어 몽땅 털릴 것이라는 뜻인지…….

억지이긴 하지만 해석을 하기에 따라 양날의 칼날 같은 느낌이 들었다.

이는 담용이 성서에 나오는 숫자였기에 의미를 부여해 보는 것일 뿐, 다른 의미는 없다.

'후훗, 실행해 보면 알겠지.'

의미는 없더라도 은근히 뇌리에 남았다.

'그나저나 고민이군.'

설사 찾는다고 해도 실어 나를 일이 만만찮을 것 같았다.

나아가 적치할 장소를 물색하는 것도 쉽지 않을 것이다.

아울러 돈세탁을 하든 어쩌든 그 역시 결코 쉽지 않을 것 같은 예감이다.

'풋! 김칫국부터 마시는 꼴이군.'

이랬든 저랬든 먼저 찾아 놓고 고민해 볼 일이었다.

'에구구, 할 일도 많은데…….'

마음은 급한데 정보는 없고, 할 일은 태산같이 산적해 있어 담용은 우선 수순을 정하는 것이 먼저임을 알았다.

첫 번째 할 일은 대화금고의 위치와 돈 창고를 찾는 일이다.

이것은 차민수 과장에게 부탁해서 처리하면 될 것이다. 당연히 지난번처럼 국정원과 합작해야 할 일이다.

'쇠뿔도 단김에 빼라고 했으니…….'

차일피일 미루다가 시기를 놓치게 되면 후회막급이 될 것이다.

곧바로 단축 번호를 눌렀다.

신호가 몇 번 울리지 않아서 차민수 과장의 음성이 들려왔다.

-육 담당관, 차민숩니다.

차민수 과장도 담용을 대하는 말투가 달라졌다.

"차 과장님, 부탁이 하나 있습니다."

-육 담당관의 일이라면 어떤 부탁이라도 들어 드려야죠. 뭔데요?

"잠시 후에 제가 관리하는 정보망팀에서 팩스 한 장이 갈 겁니다. 그걸 토대로 내용에 적힌 장소의 위치를 파악해 주십시오."

-알겠습니다. 뭔지 힌트를 줄 수 있습니까?

"지난번에 동그라미가 좀 들어오지 않았습니까?"

-아아, 그런 일입니까?

"예, 이번엔 더 클지 모릅니다."

-예에? 어, 어느 정돈데요?

"두 배 정도요."

-헉! 두, 두 배!

"우선은 그렇게 알고 계십시오. 이제 사자충과 날파리가 앵앵거릴 시간이 된 것 같아서 이만 끊어야겠습니다."

도청이나 감청은 언제든 조심해야 했기에 통화는 짧으면 짧을수록 비밀이 샐 확률이 줄어들어서다.

-아이고, 그놈의 사자충과 날파리 땜에 일을 못하겠네.

알겠습니다. 두 놈은 언제나 조심해야지요. 나중에 봅시다.

차민수와 통화를 끝낸 담용이 재차 단축번호를 찍었다.

-넵, 사장님, 홍수광입니다.

"어, 수고가 많다. 번호부터 받아 적어 봐.

-옙! 준비됐습니다.

"02-○○○-○○○○."

-02-○○○-○○○○. 받아 적었습니다.

"팩스 번호니까 거기로 네가 해킹한 자료를 보내도록."

-여기가 어딘데요?

"모르는 게 좋을걸. 그래도 알아야겠다면 알려 주고."

-하핫, 저 오래 살고 싶거든요.

"짜슥, 오래 살겠네. 지금 보내도록."

-알겠습니다, 충성-!

"수고."

탁.

'이젠 기다리면 될 테고…….'

두 번째 할 일은 곧 다가올 HDI빌딩 경매 건이다.

'날짜가 9월 25일이던가?'

기실 보유한 자금으로 낙찰받을 수는 있지만 의도는 외투
사들에게 헐값으로 매각되는 것을 저지하는 것이다.

의뢰자인 폴린 멕코이를 경매에 참여시키는 것도 외투사
들과 경쟁하게 해 낙찰가를 높이려는 마음에서였다.

'멕코이 씨부터 만나 봐야겠군.'

HDI가 인텔리전트빌딩이라지만 물건을 마음에 들어 하지 않으면 만사휴의다.

최선을 다해도 구매력을 갖도록 하기엔 무지막지한 금액이라 대략 낙찰가가 7천억에서 8천억 원으로 예상됐다.

'후우-!'

내심으로 한숨을 불어 낸 담용이 통화를 하고 있는 정광수를 쳐다보았다.

'그래, 나는 혼자가 아니지.'

그래도 힘이 되어 줄 사람들이 있다는 것이 위안이 됐다.

표면에 드러나서는 곤란한 사람들이지만 국정원 요원들은 정말 큰 힘이 된다.

'쩝, 서둘지 말자.'

"정 팀장님, 우리도 LD호텔로 가지요. 아무래도 숙소를 옮길 것 같으니, 다음 거주지를 알아 놓는 게 좋겠습니다."

"예. 근데 요원들 중 한 명을 시켜도 될 텐데요."

"뭔가 미심쩍은 게 있어서 직접 가 보고 싶어서 그럽니다."

무라카미의 몸놀림을 보니 단순한 야쿠자가 아닐 것이라는 생각이 들어 자꾸 마음에 걸린 탓이었다.

"알겠습니다."

아직은 애송이

우웅. 우우웅.

"……?"

LD호텔로 향하는 차 안에서 담용의 휴대폰이 울었다.

진동에 액정을 살피니 대성상사의 전화번호가 떴다.

'조미연?'

대성상사에서 유일하게 전화통화를 하는 여성 요원이다.

'이 시간에 웬일이지?'

퇴근 시간을 연상한 담용이 수신 버튼을 누르고 휴대폰을 귀에 대자마자 조미연의 목소리가 들려왔다.

─김 대리님이세요?

"아, 예. 접니다. 조미연 씨?

-후훗. 네. 김 대리님은 제가 담당이거든요.

"퇴근 시간 아닌가요?"

-이 말만 전하고 가려고요.

"아, 무슨 일이죠?"

-용건을 말하기 전에 메모가 가능하신지 확인하고 싶네요.

"내용이 깁니까?"

-아니요. 김 대리님이 반드시 알아 둬야 할 주소예요.

"주소? 뭔 주소요?"

-자세한 내용은 일단 메모하시고 난 후에 말씀드릴게요.

"주소 정도라면 암기할 수 있으니 말해 보세요."

기억력이 여느 사람과는 다르다 보니 한 번만 들어도 잊지 않는 담용이었다.

-그러죠. 강남구 역삼동 ○○○-○○번지 엘림오피스텔 706호. 기억하셨어요?

"예. 근데 이게 어디 주소입니까?"

-김 대리님이 현재 거주하는 주소예요.

"에? 저는 부천에……."

-2차장님의 지시로 바꿨답니다.

"하! 언제부터요?"

-김덕기란 사람 기억하시죠?

"아, 예."

-그 사람이 왔다가 간 후 바로요. 아마 동사무소 공적부에는 8년 전부터 오피스텔에 사는 걸로 기재되어 있을 거예요.

본인에게 일언반구 하나 없이 싹 바꿨다는 얘기.

뭐, 국정원 요원이 된 이상 이해하지 못할 것도 아니었다. 아예 존재 자체를 없앴다고 해도 믿고 따라가야 하는 처지가 국정원 요원이니까.

"단순히 김덕기 때문에 그런 건 아닌 것 같고…… 이유가 뭡니까?"

-원래 일정급 이상의 요원은 이래야 해요. 그러니 너무 늦은 셈이지요.

"아무튼…… 알았습니다."

-또 한 가지 아셔야 할 게 있어요.

"……?"

-김덕기란 사람이 김 대리님을 찾는 이유가 뭔지는 모르지만, 혹시 좋지 않은 음모를 꾸미고 있다면 지금 살고 있는 주소를 알고 있을 가능성이 커요. 우리가 주소를 바꾸기 전에 조사를 했다고 가정하면 그래요. 그래서 부천남부경찰서에 신변 보호 프로그램 협조 요청을 해 놨어요. 아! 그렇다고 실생활에 지장을 줄 정도는 아니고요. 그냥 멀찌감치 떨어져서 지켜보는 수준이니까요. 그렇지만 김 대리님 개인적으로도 조치를 취하시는 게 좋겠어요. 행여 식구들이 위험 지경

에 처할 수도 있어서요.

"아!"

―조심하세요. 김덕기란 이름과 인상착의를 조사해 본 결과, 불명예 퇴직한 전직 경찰이더군요. 장비 수염은 유상곤이고요. 이 두 사람은 경찰청 치안감인 구동기 국장의 끄나풀이에요. 참고로 말씀드리면 구동기 국장은 골수 일진회 멤버고요.

"일진회? 그게 뭐죠?"

대충 뭔 뜻인지 알 듯했지만 확실을 기하기 위해 물어보았다.

―친일파란 말에서 좀 더 진보한 단체라고 보면 돼요. 그것도 골수 친일파들의 모임이죠.

"아니, 그런 놈을 경찰청의 요직에 근무하게 놔둔단 말입니까?"

―호호홋. 구동기 국장이 경찰청장보다 더 높은 사람을 백그라운드로 두고 있으니 어쩔 수 없어요. 게다가 경찰청 내부에 구동기 치안감을 따르는 패거리의 힘도 무시할 수 없고요. 조직이라면 거기가 어디든 뭘 안다고 해서 마음 내키는 대로 할 수 없는 묘한 분위기가 있기 마련이니까요.

"헐―!"

―우리 회사는 그런 걸 알고 있어도 인사에 관여하지 않아 그냥 모른 체하고 있거든요. 다만 국가에 심각한 대미지가

될 기미가 보일 때는 미리 쓱싹해 버리죠.

'쓱싹'이란 표현을 썼지만 담용은 꼭 인명을 해친다는 뜻으로 하는 말이 아님을 알고 있었다.

이를테면 대개는 스스로 자리를 내놓고 현직에서 물러나도록 만든다는 뜻이다.

설사 당사자가 깨끗하다고 해도 증거 조작을 통해 모함해서 끌어내리는 것은 일도 아니었다.

뭐, 그게 전문인 사람들이니까.

"대통령께 직보해서 해결할 수도 있잖습니까?"

대통령 직속 친위대 성격인 국정원이니 가능한 얘기였다.

-제 직급으로 거기까지는 알 수가 없답니다. 그렇지만 대통령님도 어쩔 수 없는 사정이 있지 않겠어요?

알고는 있지만 손을 쓸 수 없을 수도 있다는 말이다.

"끙, 정치권력이 얽혀 있다는 말로 들리는군요."

-후후후훗.

가타부타 말도 없이 그냥 웃는 것으로 애매하게 흘려버리며 즉답을 피하는 조미연이다.

'완전 여우로군.'

"한 가지 물어봐도 돼요?"

-네, 단 제가 대답할 수 있는 한도 내에서요.

"경찰청 간부 중에 구동기를 대신할 수 있는 인물이 있습니까?"

―예? 그게 무슨 말이죠?

"아아, 안 물은 걸로 하지요. 아무튼 감사합니다."

―후후훗, 뭘요. 그리고 통화가 끝나면 휴대폰에 문자가 찍힐 거예요. 살펴보셔요.

"그러죠. 끊습니다."

―네, 수고하세요.

탁!

'젠장.'

이것으로 담용이 홍콩에서 벌인 일 때문에 김덕기가 자신을 찾아 대성상사로 왔음이 확인됐다.

이는 일본 내각정보조사실까지 나서면서 추적한 결과일 것이다.

아울러 일본 내각정보조사실이 직접 나서게 되면 정치적인 문제가 걸릴 수 있어 야쿠자를 통해 해결을 모색할 마음을 먹었다는 것.

국내의 정보, 즉 경찰청 치안감인 구동기에 의해 담용의 신상 정보가 노출됐을 확률이 농후했다.

상당히 근접한 담용의 추론이었다.

'내 신상 정보를 털었단 말이지.'

꼭 구동기 치안감이 아니더라도 누군가 정보를 제공했으니 대성상사를 찾아왔을 것이다.

공항에서 알았다면 90일 상용 단수 여권이었으니 직장인 대성상사를 찾기는 어렵지 않았을 것이다.

게다가 신규 출장이라 출장증명서까지 첨부되어 있어 알아보는 건 여반장이다.

'혹시 집을 오가는 사이에 나도 모르게 나를 지켜본 건 아닐까?'

잠복과 미행에 특화되어 있는 베테랑 형사 출신들이라면 그랬을 공산이 컸다.

'정말 악연인가?'

일제 앞잡이들의 따까리 노릇하는 것이야 먹고살려는 호구지책이라 쳐도 그게 왜 하필이면 자신과 엮이는지, 그것도 두 번씩이나 말이다.

'할 일도 더럽게 없는 모양이군.'

청부를 받아 심부름이나 하는 걸 보면 중도에서 퇴직한 공무원들의 할 일이 그다지 많지 않음이 새삼 느껴졌다.

더구나 퇴직연금을 받지 못하는 경우에는 더 심할 것이다.

경찰 출신의 공무원은 업무 경험을 바탕으로 심부름 센터나 흥신소 같은 업종에 주로 종사하지만, 그 과정에서 협잡질 같은 불법을 저지르기가 쉽다. 또 세무 공무원 등은 경제 분야의 사기범과 연루되어 신세를 망치는 경우가 종종 있었다.

이 모두 전문적인 기술이 마땅치 않아서 생기는 현상이었다.

담용이 거기까지 생각했을 때, 휴대폰에서 짧은 진동이 일었다.

액정을 살피니 주소가 떠 있었다.

다름 아닌 김덕기와 유상곤의 자택 주소였다.

'길음동과 둔촌동?'

김덕기는 길음동이었고, 유상곤은 둔촌동에 살고 있어 움직인다면 동선은 그리 길지 않을 것 같았다.

두 사람의 주소를 보낸 이유는 알아서 처리하란 얘기였다.

물론 조미연의 신분으로는 어림없는 지시이니 필시 조택상 차장의 재가가 있었을 것이다.

그게 아니라면 아직은 국정원의 본질을 꿰뚫지 못하고 있는 어리석은(?) 요원을 위해 은근슬쩍 귀띔을 해 주는 것일수도 있다.

담용은 조미연의 말투로 보아 후자일 것이라 여겼다.

행방을 찾기 어려우면 집으로 찾아가서 해결해 버리라는 뜻.

'쩝, 좀 더 모질고 잔인해지라는 뜻인가?'

꾹꾹꾹꾹.

휴대폰의 버튼을 누르고 귀에 갖다 댔다.

-옙! 형님, 명국성입니다.

"인천 일은 고마웠소."

간석오거리파를 해결해 준 일에 대한 감사 표시였다.

-아이고, 별말씀을요.

"공부는 잘되고 있는 거요?"

중등검정고시에 합격했으니 고등검정고시 공부를 말함이다.

-말씀도 마십시오. 다 늙어서 공부하려니 머리에 쥐가 나려고 해서요. 그래서 이제 그만하려고요.

"하핫, 이해하오."

-이해해 주시니 감사합니다.

"공부를 그만둔다면 이제부터 뭐라도 해야지요?"

그동안 못 배운 한을 푸는 의미도 있었지만 실은 담용의 강요가 있었기에 쥐 죽은 듯이 조용히 지냈던 명국성이다.

좀이 쑤시고 주리가 틀리지 않다면 그게 더 이상했다.

거기에 멀대를 비롯한 부하들 역시 공부를 하느라 스트레스가 많이 쌓였을 것이다.

'명국성이 이런 상태라면 다른 애들 역시 공부를 포기했다는 얘기로군.'

-그러지 않아도 형님께 상의를 드리려고 하던 참이었습니다.

"어쩔 셈인지 말해 보시오."

-영등포 말입니다.

'역시……'

사람은 본래 먹던 밥이 체질에 맞고, 아무리 쭉쭉빵빵한 여자라도 잠시 즐기는 '엔조이 대상'일 뿐 자신을 가장 잘 아는 본처가 그리운 법이다.

명국성이 옛날로 돌아가고 싶어 함을 담용은 대번에 알았다.

더구나 담용에 의해 도끼파가 사라진 탓에 무주공산이 되어 있는 상태였다.

지금은 고만고만한 패거리들이 구역을 차지하려고 서로 지지고 볶는 상황.

명국성의 패거리가 나타나면 모두 흡수되거나 퇴출될 것이 빤했다.

"아, 거기서 시작하려고요?"

―형님이…… 허락하시면요.

허락을 받고 말고 할 것은 없었지만 마음이 그렇다니 재동을 하나 걸어 놓을 필요가 있었다.

그렇지 않으면 맨날 뒤치다꺼리하다가 날이 샐 것이다.

"옛날처럼 한다면 허락 못 하는 거 알지요?"

―알고 있습니다. 법도 어기지 않을 것이고, 애들한테도 4대 보험을 들어 줄 수 있게 회사를 설립해 운영해 나가려고 합니다.

비록 술집 같은 업소를 운영하거나 보호비나 해결사 명목으로 받는 돈일지라도 투명하게 하겠다는 얘기다.

"좋은 생각이오. 한데 그러려면 뭘 알아야 하지 않겠소?"

-그래서 진즉에 멀대한테 법인에 대해 공부해 놓으라고 했습니다. 저를 비롯해서 다들 석두들이라…… 하하하.

"자금은 있소?"

-그동안 쓰고 남은 돈이 조금 있는데, 그걸로 어떻게 해 봐야지요.

자금이 있을 리가 없다.

그동안 벌어들이는 것 없이 지출만 있었으니 당연했다. 거기에 부하들까지 챙겼을 테니 돈이 말랐을 것이다.

"자금이 충분하지는 못하더라도 모자라지는 않아야 사장이 면목이 설 텐데요?"

-차차 나아져야겠지요.

"그렇다면 내가 제안을 하나 하지요."

-제안이라뇨?

"청부를 하겠소."

-에? 처, 청부요?

"멀대를 내게 보내면 청부 대상과 그에 대한 비용을 지불하겠소."

-에이, 형님 일에 무슨 돈을 받습니까? 그냥 말만 하십시오. 해결해 드릴 테니까요.

"쯧, 그렇게 사업하다가 불리기는커녕 애들을 먹여 살리겠소?"

-아하하핫, 그러게요. 근데 제게 전화를 한 용건이 그겁

니까?

"그렇소. 자세한 내용은 멀대를 통해 알려 주겠소."

—알겠습니다. 받는 대로 처리하도록 하겠습니다.

"고맙소. 근데 인한이와 그 패거리들은 어떻게 하기로 했소?"

—같이 가기로 했는데…… 괜찮지요?

"서로 간에 사이는 어떻소?"

상당히 민감한 사안이었다.

원래 강인한과 패거리가 서대문의 독사파였고 명국성과 그 패거리들은 반포의 세신파였으니, 쉽게 동화되기가 어려웠다.

담용으로 인해 뭉치긴 했지만 그동안의 사정을 묻는 것이다.

—훈련을 받으면서부터 서로 사이가 좋아졌고 그동안 같이 공부하면서 형제처럼 서로 흉허물까지 없이 지낼 정도로 우애가 좋아졌습니다.

"같이 어울려도 될 정도로요?"

—예. 무슨 일이 있어도 파가 나뉘거나 할 일은 없을 겁니다.

"그렇다면 됐소. 멀대를 내게 보내도록 해요."

—알겠습니다. 그럼…….

담용이 통화를 끝내자 정광수가 기다렸다는 듯이 물어 왔다.

"담당관님, 무슨 일입니까?"

조수석에 앉은 정광수가 몸까지 비틀어 담용을 쳐다보았
다.

"아, 뭐 좀 시킬 일이 있어서요."

"조금 전에 조미연이란 이름을 들은 것 같은데요?"

"어? 아십니까?"

"하하핫, 그 백여시를 모르면 간첩이죠."

"백여시요?"

"조미연을 그렇게 부릅니다. 근데 조미연에게 직접 전화
가 온 겁니까?"

"예."

"하면 대성상사?"

"그렇죠 뭐. 그보다 한 가지 물어보죠."

"뭔데요?"

"경찰청의 구동기 치안감을 아세요?"

"아, 그 친일파요?"

"그 양반이 그렇게 소문이 난 겁니까?"

"소문이라기보다 우리만 아는 사실이지요."

"어떤 성향의 사람이죠?"

"한마디로 말해 출세 지향적인 작잡니다. 한때는 갈성규
의원과 죽이 맞았지요. 지금이야 갈성규 의원이 물러났으

니…… 아! 박성원 의원과 붙어 있겠네요."

"박성원 의원요?"

"예, 갈성규 의원 다음으로 강성 친일파인 작자지요."

"여당입니까?"

"예. 정치 성향은……."

"아, 그건 듣고 싶지 않습니다."

강성 친일파라면 정치 성향은 들을 가치도 없어서 말을 끊어 버렸다.

"하긴 빌어먹을 작자라 정치 성향이야 흉내일 뿐이지요. 지역민들이야 그 작자의 내면을 알 길이 없으니 5선 의원으로 뽑아 준 거고요."

5선 의원이면 중진이라 할 수 있어 당 내에서도 입김이 만만치 않을 것이다.

"정보에 의하면 한일의원연맹의 간사를 박성원 의원이 맡을 거라고 하더군요. 부간사에는 야당의 권영진 의원이 맡을 것 같다고 합니다."

담용이 아는 권영진 의원이 입에 올랐다. 심종석을 통해 은밀히 정치자금을 건넨 의원이기도 했다.

문득 국정원 내의 평판이 어떤지 알고 싶어졌다.

"권영진 의원은 어떤 사람입니까?"

"하핫, 정치인들이야 대개 평판이 거기서 그렇지요."

"역시 친일파?"

"아닙니다."

"그럼?"

"3선 의원인데, 친미파에 가깝다고 할 수 있지요. 정치 성향은 중도 보수파를 고수하고 있고요. 권 의원의 약점은 쩐이 없다는 겁니다. 그래서 신진 의원들이 찾아와도 슬하에 거두지 못하는 핸디캡이 그 양반의 발목을 잡고 있지요."

"정치는 역시 돈이란 말이군요."

"뭐, 알 만한 사람은 다 아는 얘가 아닙니까?"

"하긴……. 혹시 구동기 치안감에 대해 조사할 수 있습니까?"

"그건 담당관님이 요청만 하시면 자료가 주르륵 나올 텐데요?"

"아, 제 말은 구동기 치안감의 동선을 알아봐 달라는 겁니다."

"아! 무슨 말인지 알겠습니다."

동선.

많은 뜻이 함축되어 있음을 모르지 않는 정광수다.

'쯧, 그 양반도 끝장났군.'

갈성규 의원이 그렇게 된 것도 담용의 짓이었음을 사건이 있은 지 한참이나 지나서야 알았다.

당연히 직속상관인 차민수 과장에 의해서다.

담용과 한배를 탈 일이 많을 테니 알아 두면 참고가 될 것이라며 해 준 말이었다.

"언제까지 조사해 드리면 됩니까?"

"빠르면 빠를수록 좋습니다."

"모레까지 보고를 드리지요."

"고맙습니다."

"뭘요."

"팀장님, 다 왔는데요?"

김창식 요원이 차를 서행시키며 말했다.

"어, 호텔이 잘 보이는데 세워."

"옙!"

LD호텔.

덜컥.

무라카미가 머물고 있는 방의 문을 열고 겐지가 들어섰다.

뒷짐을 진 채 밤의 창밖을 내다보며 사색에 잠겨 있는 무라카미를 본 겐지가 입을 열려다가 주춤했다.

선뜻 말을 붙이기가 어려운 분위기였지만 지금은 머뭇거릴 상황이 아니었던지 어렵게 입을 뗐다.

"오야붕…… 괜찮으십니까?"

"아, 난 괜찮아. 다들 무사한가?"

"하이, 자잘한 부상은 있지만 모두 무사합니다. 대신……."

"응?"

"히메마사 님이 중상이라고 합니다."

"뭐? 아니, 왜?"

"우리를 추적하는 놈들 중 하나를 붙들고 늘어지다가……."

"쯧, 신세를 졌군. 혼토는?"

"혼토는 격투 도중 놈들이 물러나는 바람에 다행히 무사하답니다. 그리고 이번 사태에 어떤 식으로든 보상을 하겠다는 연락을 해 왔습니다."

"보상이라……. 그것도 좋지."

"그래서 놈들의 정체를 파악해 달라고 했습니다."

"그럴 필요 없어."

"그럴 필요가 없다니요?"

"짱꼬르들이었으니까."

'짱꼬르'는 일본인들이 중국인들을 비하해서 하는 말이었다.

"짜, 짱꼬르? 중국인이란 말입니까?"

"그래, 나를 쫓던 놈이 쫓아오지 못하자 성질을 내면서 내뱉은 말이 왕빠단이었어. 그게 아니더라도 나와 대적한 놈이 통배권을 수련한 자였으니 틀림없어."

"이런! 하, 하면 홍콩의 흑사회란 말입니까?"

"그놈들밖에 없지."

"놈들이 여기까지 쫓아왔단 말이군요."

"우리로 인한 피해가 적지 않았으니 그럴 만도 하지."

"족히 열 명은 넘어 보였습니다만……."

"더 될지도 모르지. 그리고 혼토의 초대를 받은 우리가 후쿠오카하나에서 식사를 할 것이라는 정보를 알아낼 정도면, 여기도 노출됐다고 봐야 해."

"아! 그러지 않아도 그걸 보고하러 들어왔습니다. 지금 호텔 밖에 경찰들이 쫙 깔려 있습니다."

"뭐라? 이유가 뭐야?"

"모릅니다. 심지어는 층마다 복도 양 끝에까지 배치되어 있었습니다."

"그 정도면 중대한 사건이 벌어진 것 아닌가?"

"그것도 잘……. 경찰이 깔린 것도 마침 김 상이 방문해서 알았습니다."

"김 상? 누구지?"

"우리가 의뢰했던 자입니다."

"아아, 그 두 사람. 근데 호텔에 무슨 일이 생겼나?"

"알아봤지만 별로 특이할 만한 일은 없었습니다."

"그렇다면 결국 우리 때문이란 얘기군. 우리가 피해자라서 가만히 있는 것이고. 맞나?"

바인더북

"그게…… 잘 모르겠습니다."

광화문에서 있었던 기습 사건을 사전에 알고 있었다면 모를까 그렇게 보기에는 이상한 점이 적지 않아 겐지가 모호한 표정을 자아내며 말을 이었다.

"중대한 사건이 일어났다고 보기엔 딱히 수사를 하는 것 같지 않았습니다. 그냥 경계만 하면서 간혹 호텔로 들어오는 남자들을 검문하는 게 전부였습니다."

"그래? 우릴 보호하려는 건 아닐 테고…… 대체 뭐지?"

"우리가 관계된 일이 아니라면, 기습이 있었던 것도 그렇고 경찰도 깔려 있으니 속히 숙소를 옮기는 것이 어떻겠습니까?"

"그러자고. 어디가 좋겠나?"

"혼토가 호텔보다는 자신들이 머물고 있는 숙소가 어떻겠냐고 물어 왔습니다."

"잘됐군. 거기가 어디지?"

"사무실 근처라고 했습니다. 오야붕께서 허락만 하시면 차를 보내겠답니다."

"연락해, 은밀히 말이야."

"알겠습니다. 우선 김 상을 만나 보시지요."

"아, 알아냈나?"

"세 명으로 좁혔다고 합니다."

"용의자가 세 명? 하면 지금부터는 우리더러 알아보란 얘긴가?"

"험한 일이 벌어질지 모르니 더 이상은 관여하지 않게 하는 게 좋습니다."

"그렇지. 일단 확인해 보지."

"나가시지요."

"그래. 세 용의자를 확인하는 대로 나루세와 아라키로 하여금 처리하게 해."

"어디까지 말입니까?"

"토설하지 않으면 전부 입을 봉해. 그걸로 끝낸다."

"하이!"

우뚝.

침실을 나가려던 무라카미가 걸음을 멈추더니 다시 물었다.

"아참. 나머지 사람들은 어떻게 됐어?"

"같이 싸운 오카모토는 약간의 부상을 당했지만 고바야시와 세이카란 아가씨는 무사합니다."

"다행이군."

타타타탁.

LD호텔에 야쿠자들의 동정을 살피러 갔던 리우왕지가 주차장으로 허겁지겁 달려왔다.

"따거, 경찰이 쫙 깔려 있습니다."

"뭐? 경찰이 왜?"

리우왕지의 말을 듣고 우치엔이 미간을 찌푸릴 때, 진지에펑이 물었다.

"나도 모르겠어. 정복도 아니고 기동복 차림의 경찰이었어."

"기동경찰?"

"응, 아무래도 급습을 하기는 어려울 것 같아."

"그냥 모른 척하고 들어가면 되지 뭐가 어려워?"

"안 돼!"

"아니 왜?"

"검문을 하고 있더라니까, 그것도 남자들만. 그리고 이런 상황에서 우리가 일을 벌인다고 해도 문제가 될 거야."

무사히 빠져나오기 어렵다는 말.

빠져나온다고 해도 수사망에 오를 것임은 당연한 이치였다.

"젠장 할!"

쿵!

이럴 수도 저럴 수도 없는 진지에펑이 분한 마음에 차체를 주먹으로 쳤다.

"따거, 아무래도 우리를 노리는 것 같습니다."

리우왕지의 말에 진지에펑이 다시 빽 소리를 질렀다.

"무슨 소리야! 일식집의 사건을 어떻게 안다고? 설사 알았다고 해도 시간이 너무 빠르잖아?"

사실이 그랬다.

급습에 실패한 그 즉시 전열을 가다듬어 LD호텔로 온 터라 그사이 경찰이 출동했다는 것은 정황상 맞지가 않았다.

시간 차라고 해 봐야 불과 20분도 채 지나지 않은 것이다.

"펑, 진정해. 오늘만 날이 아니다."

"따거! 언제 또 이런 기회가 오겠습니까? 나선 김에 결판을 내야 한다고요."

"그래도 경찰들은 피하는 게 좋아."

"맞습니다. 다시 계획을 짜야 합니다. 그리고 놈들의 숫자가 의외로 많습니다. 더 있을지도 모르고요."

인원 보강이 시급하다는 얘기다.

"왕지의 말이 맞다. 아무래도 원군을 부르는 게 좋겠……."

이때 우치엔의 말을 끊고 펑다우가 나섰다.

"따거, 저희들이 도울 수 있습니다."

"알아. 그렇지만 고수가 너무 없어."

"고수는 없지만 쪽수로 밀어붙이면 놈들도 견디지 못할 겁니다."

"알았다. 펑다우는 애들 전부 집합시켜."

"따거, 인천의 팡보도 부르겠습니다."

"팡보?"

"예. 인천 차이나타운에서 식구들을 데리고 있습니다."

"본국과 연관된 조직이면 안 돼."

암흑가 조직의 생리상 어느 나라를 가든 본국의 조직과 이래저래 얽혀 있기 마련이라서 하는 말이다.

"어디 애들이야?"

"흑수당에서 떨어져 나온 떨거지들입니다."

"뭐? 흑수당?"

뭐가 그리 못마땅했는지 그 말을 듣자마자 우치엔의 미간이 잔뜩 찌푸려졌다.

이유는 흑수당은 홍콩이 중국에 반환되면서 본토에서 넘어온 조직으로, 자신들의 구역을 조금씩 잠식해 오고 있었기에 감정이 좋지 않아서였다.

"혹시 매화그룹 놈들도 있나?"

"물론입죠. 그놈들 역시 조직에서 떨어져 나와 뭉친 놈들입니다."

'혈! 소규모 조직이 와 있다면 청방이나 홍방도 진출해 있다는 말이군.'

이것이 인구가 많은 중국인들의 특기 아닌 특기로, 세계 구석구석 없는 곳이 없을 정도다.

"전부 배신자 놈들 같은데, 괜찮을까?"

조직을 떠났다면 대개가 그런 놈들이다.

"팡보는 제가 보증하겠습니다. 두 패거리가 차이나타운을 반분하고는 있지만, 팡보는 독자적으로 움직입니다. 제 친구이기도 해서 믿을 만합니다."

펑다우도 족보 없이 자생한 놈이란 뜻.

"그래?"

"옙!"

"좋아, 불러."

"알겠습니다."

"수고비는 충분히 지불할 테니 깡그리 불러!"

"그러죠."

"아우들, 경찰들의 검문이 점점 심해지고 있으니, 각자 조를 짜서 돌아가도록 한다. 귀환 지점은 펑다우의 업소다."

"따거!"

"펑! 군자복수 십년불만君子復讐 十年不晚이란 말을 모르나?"

"⋯⋯."

군자가 복수를 하는 데 10년이 걸려도 부족함이 없다는 말을 들은 진지에펑이 꿀 먹은 벙어리가 되어 버렸다.

"펑다우는 지리에 밝은 애들 둘만 빌려줘."

"알겠습니다."

"왕지!"

"옛! 따거."

"책임지고 놈들을 감시해. 절대 티를 내거나 나서면 안 된
다."

"염려 마십시오."

리우왕지가 펑다우의 부하 둘과 함께 감시가 조금 더 용이
하면서도 잠시 쉴 수 있는 커피숍으로 들어갈 때, 우치엔과
일행들도 자리를 벗어났다.

주차장 한쪽의 벤에서 이를 지켜보고 있던 정광수가 입을
열었다.

"어? 짱깨들이 물러가는데요?"

"경찰들이 다가오니까 껄끄럽겠지요. 또 어차피 장기전
으로 갈 수밖에 없다고 생각했다면, 지금은 물러서는 게 맞
지요."

"팀장님, 감시자를 몇 명 남겼는데요?"

"기습을 받았으니 숙소를 옮길 경우를 대비하는 걸 겁니
다. 근데 저 인원으로는 어려울 텐데 어쩌자는 거지?"

고개를 갸웃한 정광수가 담용에게 물었다.

"담당관님, 이제 어쩌죠?"

"당분간 위험 요소는 없어 보이니 우리도 철수하지요."

"그러죠. 아무래도 감시할 패거리가 둘이니…… 구 요원
과 최 요원."

"옛!"

"아무래도 두 사람이 수고를 해 줘야겠다."

"에이, 팀장님, 집에 못 들어간 게 3일쨉니다."

"저도요. 요즘은 집에 들어가면 애들이 저더러 '누구세요?' 한다니까요."

"쩝, 그건 나도 마찬가지야."

설마 그렇기야 할까만 밥 먹듯이 귀가하지 않는 날이 많아 마누라는 늘 입이 댓 발이나 튀어나와 있고, 아이들은 아이들대로 아빠를 낯설어하는 것은 사실이었다.

"팀장님, 그러지 마시고 단순히 감시만 하는 일이라면 에이전트에게 일러 PA 요원로 대치하게 하는 건 어떻습니까?"

"그야 나도 그러고 싶지만……."

진즉에 그러고 싶었지만 지금은 차민수 과장이 담용의 지시를 받고 움직이라는 명령을 내렸기에 눈치를 봐야 했다.

원래는 직속상관이 국내 정보과장인 최정규지만 지금은 조 차장의 지시를 받은 차민수 과장으로 일시적으로 바뀐 상태다.

"에이전트요? 국정원에 대리인이라니요? 무슨 말입니까? 또 PA는 뭐고요?"

"아아, 업무 수행 시 필요할 때 저희를 도와주는 보조 요원을 말합니다."

"보조 요원요?"

되묻는 담용의 표정에 의아함이 서렸다.

에이전트의 뜻을 몰라서가 아니었다. 국정원에서의 에이전트 역할이 뭔지 알고 싶은 것이다.

국가 기밀을 다루는 국정원에서 요원을 대신하는 대리인이라니 이해가 가지 않았던 것이다.

"예. 에이전트는 정보나 공작 활동을 위해 필요하다면 일시적으로 국정원과 연대해 일을 하는 사람을 말합니다. 이를테면 의사나 기술자, IT 전문가 또는 컴퓨터나 수사 계통의 전문직에 종사하는 사람들이 주로 대상입니다. 때로는 특정 지역의 지리에 밝거나 또 특정 업무에 해박한 민간인도 에이전트로 참여할 수 있습니다."

"아!"

끄덕끄덕.

담용은 그 말을 듣고서야 대번에 이해가 갔다.

국정원 요원이라고 해서 만능일 수는 없다. 고로 각 분야에 걸친 전문가들의 도움을 필요로 하는 사건들이 적지 않아 해결을 위해 에이전트라는 이름으로 그들을 활용한다는 것을 알았다.

"하면 그들과 정보나 비밀 사항을 공유한다는 뜻입니까?"

"당연히요. 임무를 원활하게 수행하기 위해서는 어쩔 수 없습니다. 그래서 에이전트들도 충성 서약을 해야만 참여가 가능하지요."

"그럼 PA는요?"

"PA는 Primary Agent의 약자인데……."

'Primary Agent라고?'

가만히 되씹은 담용이 직역을 해 보니 기본적인 대리인이라는 뜻이다.

그랬다.

PA는 국정원의 기본 업무를 대리해서 수행하는 자를 뜻했다.

다시 말해 실질적으로 가장 밑바닥에서 움직이는 자들을 통칭해 일컫는 용어인 것이다.

"에이전트가 관리하는 사람들을 그렇게 부르고 있습니다."

에이전트 휘하에 PA가 있다는 말.

'흠, 일시적 계약 관계란 뜻인가?'

그러니까 에이전트는 국정원의 업무임을 알지만 PA들은 일을 하면서도 국정원에서 하는 일임을 전혀 모른다는 것이다.

"뭐, 간단히 말하면 사안에 따라 회사 차원에서 에이전트를 운용하기도 하지만, 대개는 요원들 각자의 정보원이라고 생각하시면 됩니다. 물론 그에 따른 수고비는 회사에서 지급해야 하고요."

"쉽게 말해 국정원 요원 개개인이 필요할 때마다 써먹는 업무 보조자로 보면 되네요."

"그렇습니다."

'이거…… 나도 PA 요원을 키워 둬야겠는걸.'

조금씩 국정원의 속사정에 근접해 가고 있는 담용의 생각이었다.

'그렇다면 거기에 대한 자금 어떻게 지원해 주는 건가?'

사실 중요한 일이었다. 무슨 일을 하든 자금 없이는 할 수 있는 일이 거의 없기 때문이다.

"구성원은 어떻게 되며 급료는 또 얼마나 됩니까?"

담용은 말이 나온 김에 보다 더 자세한 것을 알기 위해 계속 물었다.

기실 요즘 들어 업무를 수행하는 과정에서 자신이 생각해도 국정원 업무에 관해 아는 게 별로 없다고 느낀 적이 한두 번이 아니었다.

물론 다른 요원들과는 달리 연수 과정이 생략된 데서 오는 당연한 현상이다.

그렇다고 그것을 핑계로 모르고 넘어갈 수는 없다. 한마디로 담용의 유일한 약점인 부분이라 의문이 생길 때마다 꼬치꼬치 캐묻는 것이다.

조재춘이나 정광수 그리고 다른 요원들도 담용의 처지를 알기에 귀찮아하지 않고 대답을 해 주고 있는 실정이었다.

"PA 요원들은 주로 민간인으로 구성되어 있습니다. 구성 인원은 딱히 정해진 게 없고요."

'그렇겠지.'

담용은 사건에 따라 인원 동원에 변화가 있다는 얘기로 알아들었다.

"그리고 급료는 국정원 에이전트로부터 보통 월 1백만 원 내외 혹은 업무에 따라 그 이상의 보수를 지급받습니다."

"흠, 그러니까 에이전트 한 명에 복수의 PA가 배정돼서 활동한다는 것이고, 급료는 월 1백만 원가량 된단 말이군요."

"예, 평균치가 그렇습니다."

'흠, 에이전트는 PA 관리자 역할을 하고 PA는 지시받은 대로 조사나 혹은 행동에 나선다는 얘기군. 그리고 급료는 월 1백만 원이 지급되고. 비용이 만만치 않겠는걸.'

그렇게 생각하니 관련해서 궁금한 것이 있었다.

"PA의 급료는 지원해 줍니까?"

"예. 단, 경위서를 반드시 제출해야 합니다."

"그래야겠지요. 하면 PA의 능력은 어떻습니까? 아니, PA 요원들도 교육을 받습니까?"

"당연히 교육을 받아야 합니다. 뭐, 정규 요원들과는 차이가 있지만요. 그리고 능력 부분에서는 분야마다 천차만별이긴 하지만, PA 요원들 중에도 뛰어난 자들이 있어 유용할 때가 많습니다. 사실 업무는 과중한데 인원이 턱없이 모자랄 때가 많은 편이거든요. 특히 전문성을 요하는 업무를 수행할 때에는 중추적인 역할을 하기도 하지요. 이를테면 해커 같은 컴퓨터 전문가 PA 요원은 요긴하게 쓰입니다. PA로 쓰기에 아까울 정도로 말입니다."

'그럴 테지. 컴퓨터 요원은 더 그럴 것이고…….'

사실 정광수나 그 팀원 같은 필드 요원들이 컴퓨터를 다룰 수 있는지도 의문이다.

아직은 개인 PC의 보급이 막 활성화될 시기여서 공무원들의 컴퓨터 교육이 이제 막 이루어지고 있는 때인 것이다.

심하면 컴퓨터를 보급받고도 한쪽에 처박아 놓고 수기로 서류를 처리하는 공무원들이 적지 않은 작금이었다.

대부분 직급이 높은 신분들이 그런 경향이 짙었다.

"그런데 한 가지 의문이 드는데요?"

"예? 뭐가요?"

"에이전트나 PA들은 국정원의 업무를 수행할 때만 보조를 하는 겁니까?"

"아, 그건 그렇지 않습니다. 평상시에도 업무를 보조한다고 보면 됩니다. 이를테면 우리가 알지 못하는 정보를 물어오거나 제공하는 것 등입니다."

"그럴 때는 정보의 경중에 따라 성과급이 달라지겠군요."

"물론입니다. 정보나 첩보가 A급이냐 B급이냐 C급이냐 평가해서 수고비나 성과급을 차등 지급합니다. 당연히 그런 정보를 가지고 온 에이전트를 거느린 국정원 요원은 승진 심사에 반영되고요."

"A급 정보나 첩보라면 어떤 겁니까?"

"A급이라면 국내의 불순분자들의 신원과 또 그들이 활동하는 주요 근거지 정보 같은 거지만, 담당관님 정도면…….
하핫, S급을 다뤄야지요."

"S급요? 뭡니까 그게?"

"간첩이나 종북좌파 인물들을 말합니다."

"가, 간첩요?"

간첩이라는 말에 담용의 눈이 번뜩했다.

문득 합신센터에서 있었던 남파 간첩 김철각이 떠올라서였다.

김철각의 기억에 따르면 분명히 남한 내에서 암약하고 있는 고정간첩들과 접선할 것과 통일당과 접선해 김정일의 지시 사항을 전달하라는 내용이 있었다.

'이 양반들이 움직이고 있긴 한 거야?'

뭐, 넋 놓고 가만히 있지는 않을 것임을 믿긴 하지만 아직 아무런 언질이 없어 여간 궁금하지 않았다.

'정 팀장은 알고 있을까?'

궁금하면 물어보면 될 일.

"정 팀장님, 혹시 요즘 회사에서 간첩 색출 작전 같은 거 하지 않습니까?"

"글쎄요. 요즘은 그런 일이 별로 없어서 저는 잘……."

"그렇군요."

"혹시…… 뭐, 짚이는 게 있습니까?"

"아니요. 그냥 궁금해서요."

"에이, 표정은 안 그런데요?"

"에? 제 표정이 왜요?"

"하하핫, 아직은 신삥이시라 숨기는 게 어색해서인지 금방 표가 나니까 그러지요."

"쳇!"

'그렇게 티가 났나?'

"담당관님의 말씀을 듣고 보니 엊그제부터 델타팀이 안 보입니다. 정성창에게 연락을 해도 감감무소식이고요."

정성창은 델타팀 팀장이었다.

"임무에 들어갔다면 그럴 수도 있지 않나요?"

"맞습니다. A급 이상의 작전에 들어가면 저희들도 임무가 끝날 때까지 일절 연락을 않고 잠적하니까요."

"비밀을 요하는 일이라면 마땅히 그래야지요."

"물론 그게 주된 이유지만 비밀을 유지하는 게 꼭 능사가 아닐 때도 있습니다."

"그게 무슨 말입니까?"

"PA 요원들을 예로 들어 보지요. 그들은 간첩이나 마약사범 같은 정보를 제공하거나 현장 사진만 찍어서 넘겨도 S급의 대우를 받지요. 뭐, C급 정보 같은 돈을 못 받는 경우가 허다하지만요. 그런데 그게 요원들 간에 묘한 경쟁심을 불러 일으키는 겁니다. 그런 탓에 팀과 팀의 유기적인 작전이 잘 맞지 않을 때가 더러 있습니다. 심지어는 같은 팀원들끼리도 경쟁으로 인해 화합이 잘 안 이뤄지는 부작용이 생기는 경우도 있을 정도니까요."

비밀이 마냥 좋은 것만은 아니라는 뜻.

"정 팀장님은 델타팀이 현재 모종의 임무를 띠고 잠적했다고 확신합니까?"

"예. 제 경험에 비춰 봐도 이런 경우는 그것밖에 없으니까요."

"흠, 그렇군요. 아무튼 오늘도 많이 배웠습니다."

김철각의 얘기를 해 줄 수 없어 담용은 이쯤에서 궁금증을 접었다.

"별말씀을요."

"그런데 당장 써먹을 만한 에이전트가 있겠습니까?"

"하하핫, 허락만 하시면 언제든지요."

"그럼 에이전트에게 맡기고 퇴근하도록 하지요."

"알겠습니다."

'에구, 나도 집에 가서 좀 쉬어야겠다.'

사실 좀 많이 피곤했다.

차크라를 수련한 이후 좀처럼 피곤을 모르던 담용조차도 연일 계속되는 격무에 심신이 노곤해짐을 느끼는 오늘이었다.

고모를 집에 모셔 놓고도 제대로 대화 한번 가질 시간도 없이 뛰어다녔으니 그럴 법도 했다.

심지어는 본업인 회사에도 출근하지 못했다.

'후우, 주말은 집에서 푹 쉬어야겠어.'

월요일부터는 또 HDI빌딩 경매 건으로 바빠질 터였다.

"담당관님, 차를 어디에 뒀습니까?"

"회사에 있습니다."

"하핫, 결국 곧바로 퇴근하긴 어렵겠네요."

"그러게요."

"어쩔 수 없지요. 타십시오."

"예."

반찬 가게를 하겠단다

담용의 집.

아침 식사를 끝낸 가족들이 거실에서 식후 차 한잔으로 휴식을 취하고 있는 중이었다.

설거지를 끝낸 혜인이 자신 몫의 커피를 들고 나오며 담용에게 말했다.

"큰오빠, 고모 방에 안 가 볼 거예요?"

"남자가 여자 방에 가는 건 좀 그렇잖아?"

"옴마! 큰오빠 고모가 여자로 보이나 봐?"

"그런 뜻은 아니고……."

"후훗, 고모 방을 어떻게 꾸며 놨는지 궁금하지 않아요?"

"글쎄…… 고모, 방이 마음에 드세요?"

"응. 널찍하고 전망도 좋은 게 무척 마음에 들어. 아주 흡족해."

여섯 칸의 방 중 2층 끝 방은 성주산을 바로 올려다볼 수 있는 위치라 전망이 좋았다.

"다행이네요."

"근데 그거 담수 방이라며?"

"담수가 쓰기에는 너무 넓어요. 공부에 집중도 안 되고요."

"맞아요. 언니와 내가 쓰는데, 아무리 오빠지만 남자와 같이 2층을 쓰는 건 껄끄러워요. 고모가 쓰는 게 나아요."

"알았다. 누가 뭐랬니?"

"에헤헤헷."

'후훗, 짜식이 이젠 좀 컸다고 내외부터 하려 드네.'

사실 2층에서만이라도 자유로운 복장으로 다녔으면 하는 마음임을 어찌 모를까?

특히 여름철에는 시원한 차림으로 지내고 싶은데 눈치를 보느라 땀띠가 날 지경으로 덥다.

지난여름은 담수가 없었기에 망정이었지.

뭐, 에어컨을 이용하지만 혜린이 누진세가 너무 많이 붙는 통에 기겁을 하고는 낮에 거의 꺼 놓고 지냈었다.

담용도 아끼겠다는데야 말릴 수도 없어 열대야 때만 살짝 트는 걸로 합의를 봤다.

그런 사정이니 혜인이 적극적으로 나서서 담수의 방을 고모가 사용하게 한 것이다.

"더 필요한 건 없고요?"

"두 녀석이 워낙에 성화여야 말이지. 아, 글쎄 당장 필요하지도 않은 것까지 들여놨지 않겠냐?"

"옴마마, 고모도 참…… 화장대가 왜 불필요한 건데요?"

"인석아, 다 늙은 내가 화장을 할 일이 뭐 그리 많다고…… 그것도 값비싼 화장대를 들여놓니?"

"뭐, 고르는 것이야 언니가 한 고집한 탓이지만, 그래도 여자라면 화장대는 필수라고요. 더구나 고모는 아직 젊은 데다 예쁘기까지 해서 그걸 유지할 필요가 있다고요. 언니, 안 그래?"

혜인의 말에 내려놓았던 커피 잔을 들던 담용이 육선여를 보니 아직도 젊었을 때의 미태가 그대로 남아 있어 조금만 가꿔도 빛을 발할 것 같은 얼굴임을 새삼 알았다.

'혜인이 말이 영 틀린 건 아니네.'

아이를 낳지 않아서 그런지 몸매도 가슴도 S 라인을 유지하고 있었고, 피부만 조금 가꾸면 미모의 '돌싱'이었다.

표정도 언제 고생했었느냐는 듯 많이 밝아져 있었다.

'천성이야.'

평생을 각박한 성격으로 살아온 성정이라면 금세 달라질 수 없겠지만, 육선여는 삶의 중간에서 나락으로 떨어진 세월이 적지 않음에도 무척이나 밝았다.

게다가 6억 원이란 거금을 사기당한 처지가 아니었던가?

여느 사람 같았으면 자살이라도 했을 터인데 저렇듯 견뎌 냈다는 것은 결코 쉽지 않은 일이었다.

'거참, 고모가 이렇게 예뻤었나?'

예전엔 미처 몰랐던 사실에 담용이 새삼 육선여를 은근슬 쩍 뜯어볼 때, 혜린의 말이 이어졌다.

"맞아. 고모 나이 이제 갓 40인데 아직 한창이라고 할 수 있지. 그러니 잘 가꿔서 나중에 좋은 사람 만나게 해 드려야 해. 언제까지 혼자 사시게 할 수는 없지 않겠어?"

"헤헤헷, 당근이쥐."

"너희들…… 고모를 가지고 놀래?"

혜린과 혜인의 농담 같지 않은 말에 눈을 하얗게 흘기는 육선여.

"난 싫어!"

혜인의 헤죽대는 말이 못마땅한 사람도 있었다.

대번에 화기애애한 분위기에 찬물을 끼얹은 담민이 눈에 독을 품고 혜인을 째려보았다.

"엥? 싫어? 뭐가?"

"고모가 시집가는 거."

"어머! 왜에-?"

"그냥…… 난 고모가 우리하고 같이 죽을 때까지 살았으면 좋겠어."

"에효효효. 애가 아직 어려서 뭘 잘 모른다니까. 고모, 담민이 말은 신경 쓰지 말아요."

"호호홋, 나도 담민이하고 살련다. 그러니 너희들이나 시집이니 뭐니 하는 소릴랑 하지 말거라."

"에헤헤헷! 고모, 진짜죠?"

"그럼, 담민이를 어떻게 만났는데 고모가 시집을 갈 수 있겠니? 이 고모는 담민이를 아들처럼 여기며 평생 같이 살 테니 걱정하지 마라."

"이히히힛, 작은누나, 들었지?"

"에그…… 이 철딱서니야."

꽁.

"아얏! 왜 때려?"

"이게 때린 거야, 알밤 먹인 거지."

"씨이, 아프단 말이야."

"넌 앞으로 고모의 일에 참견하지 않는 게 좋겠다."

"왜에?"

"고모한테 안 좋은 말만 할 게 빤하니 그러지. 그러니 넌 좀 빠져 주라."

"헹! 나도 투표권이 있다는 걸 몰라?"

"고모 문제는 투표로 해결할 게 아냐, 이것아."

"고모도 가족인데 뭐가 다르다고 그래?"

"에효! 말을 말자."

"칫! 할 말이 없으니까 괜히 그래."

"자 자, 그쯤하고 내가 할 말이 있으니 좀 조용히 해라."

담용이 투탁거리는 두 동생을 말리고 나섰다.

"담민이는 TV 볼륨 좀 낮추고."

"옙!"

"혜린아, 아무래도 고모의 피부가 좀 거칠한 것 같지 않냐?"

담용의 지적은 정확했다.

바람막이나 그늘 하나 없는 시장통에서 하루 종일 땡볕을 쬐고 찬 바람까지 맞아 가며 장사를 해 왔던 탓인지 피부가 많이 거칠어져 있는 육선여다.

당연히 지난 9년 동안 세파에 찌든 흔적이 며칠 편히 지냈다고 해서 사라질 리는 만무했다.

"맞아요. 그래서 이따가 피부 관리실에 가서 등록해 드리려고요."

"그래, 그건 네가 좀 애써 줘라. 돈은 있냐?"

"네. 고모 방을 꾸미고 좀 남은 게 있어요. 그래도 좀 더 있으면 좋겠죠? 호호홋."

그러면서 두 손을 슬쩍 내밀며 당장 달라며 접었다 폈다를 반복했다.

"녀석, 이미 네 통장에 이체시켜 놨으니 필요하면 쓰도록 해."

"호호홋. 고마워요, 오빠."

"아, 고모 용돈도 그 안에 있으니 알아서 해."

"네-!"

활짝 웃으며 대답하는 혜린의 눈이 반달처럼 휘었다.

'짜식.'

육선여에게 하나라도 더 해 줄 마음에 저런다는 것을 모르지 않는 담용이 쓴웃음을 지어 보였다.

"고모, 잠자리는 괜찮으세요?"

담용이 인천에서 육선여를 대하던 말투와는 다르게 존대를 하는 것은 동생들에게 본보기가 되어야 하는 부담감이 있기 때문이다.

"아주 좋아. 갑자기 호강하는 기분이다, 얘."

"원래 그렇게 살았었잖아요."

"그 기분이 여태 남아 있겠니? 그렇지만 거의 9년 만에 맛보는 편안한 잠자리였어. 고맙다."

"참 내, 고모도……. 동생들과 생활하기는 어떠세요? 혹 불편하지는 않아요?"

"불편하긴, 좋기만 하구만. 시끌시끌한 게 사람 사는 집 같아서 더할 나위 없이 좋아. 딱 한 가지만 빼면 말이다."

"에? 그게 뭔데요?"

"네 녀석이 좀 일찍 귀가해서 같이 저녁 식사를 못하는 게 아쉬워."

"아, 난 또 뭐라고……. 가능하면 그렇게 하도록 노력해 볼게요. 그래도 당분간은 좀 어려우니 이해해 주세요."

"뭐, 네가 늦도록 일을 하는 덕분에 동생들을 건사하고 또 이만한 살림을 꾸려 가고 있는 걸 모르지 않지만, 그래도 웬만하면 좀 일찍 들어와라. 가족들만큼 소중한 게 어디 있겠니? 동생들 시집, 장가가고 나면 그나마도 함께할 시간이 많지 않다는 걸 알아야지."

"그럴게요. 그건 그렇고, 당분간 푹 쉬면서 앞으로 뭘 할지 생각해 보는 건 어때요?"

"안 그래도 며칠 움직이지 않고 가만히 있었더니 벌써 좀이 쑤시고 병이 생기려고 하던 참이다."

"하핫, 엄살도 심하세요. 오신 지 일주일도 안 됐거든요."

"매일같이 움직이던 사람이잖니. 사람이 마냥 집에만 있으면 축 늘어지고 생기가 빠져나가는 속도가 빨라진다고 하니 속히 뭔 일이든 해야 할 텐데 큰일이네."

하기야 시장에서 팔 물건을 준비하려고 새벽부터 부지런을 떨었던 사람이니 그런 마음이 들 만도 했다.

"고모가 할 수 있는 일 중에 가장 자신 있는 게 뭐죠?"

"내가 자신 있게 할 수 있는 거?"

"예, 야채 장사만 빼고요."

"사실 그게 제일 자신 있는 건데……."

최근 몇 년 동안 해 온 일이라 힘이 들어도 익숙했기에 하는 말이었지만, 사실 다시 하라면 자신이 없는 육선여라 말에 힘이 실려 있지 않았다.

이유는 천성이 억척 장사로 뭘 해 먹는 품성이 아니라는 데 있었다.

"에이, 그건 품만 많이 들지 이문이 박한 장사잖아요. 다른 거 없어요?"

"없진 않은데…… 돈이 들어가서 그래."

"고모! 큰오빠, 돈 많아요."

"에구, 혜인아, 네가 담민이 철없다고 말할 계제가 아닌 것 같다. 이만한 규모의 살림을 꾸리려면 오빠가 번 거 전부 내놔야 한다는 걸 몰라서 그래?"

여유가 없을 것이라는 말.

"에헤이, 고모야말로 뭘 모르시네."

"내가 뭘 몰라?"

"케케케, 큰오빠 주머니는 요술 주머니라니깐요. 뭐든 말만 하세요. 큰오빠가 그 말을 듣자마자 '옛소.' 하고 턱 내놓을 테니까요."

"이그……."

"고모, 혜인이 말이 영 생뚱한 건 아니니 말씀을 해 보세요. 저도 당분간은 실업자 신세나 마찬가지니 도와 드릴 수 있을 거예요."

혜린이의 경우는 복지관 내에 실버타운이 완공될 때까지 백수 신세를 면치 못하는 처지였다.

"호호홋, 말만으로도 고맙다."

동생들의 말이 귀에 감기는 것이 결코 싫지 않았던 담용이 조금은 정색한 표정으로 물었다.

"말씀하시는 걸 보니 생각해 놓은 게 있으신 것 같은데, 말씀해 보세요, 뭡니까?"

"별것 아냐. 여자 혼자서 할 게 그리 많은 것도 아니고……."

"그렇긴 하죠. 그래도 말해 보세요."

"그냥…… 조그만 반찬 가게 하나 했으면 해."

"반찬 가게요?"

"응, 나름대로 솜씨도 있는 것 같고…… 무엇보다 내가 하고 싶은 일이라서 애착을 가지고 할 것 같아서 그래."

"우와! 난 대찬성!"

"나도, 나도!"

혜인이와 담민이 제일 먼저 적극적으로 설쳐 대며 오두방정을 떨었다.

"맞다! 고모, 죽도 팔아요. 엄청 맛나게 끓이잖아요."

"뭐, 혜린이가 도와준다면 못할 것도 없지."

"그럼요. 도와 드릴게요."

"나도! 제가 이래 봬도 조리과거든요. 언니보다는 제가 훨씬 나을걸요."

"그래, 하게 되면 아르바이트비는 충분히 주마."

"와! 신난다!"

"호호홋, 녀석."

혜인이 두 손을 번쩍 들고 팔짝팔짝 뛰면서 좋아하자 육선여가 입을 가리고 웃어 댔다.

육선여는 조카들의 젊음의 향기와 건강미가 철철 넘치는 모습이 더없이 좋고 흐뭇했다.

세상이 인심이란 게 본래 울퉁불퉁한 것이지만, 조카들은 별개의 세상에서 자란 듯 구김살이 없어 보였다.

부모가 없음에도 저런 모습이란 건 담용의 고생을 단적으로 보여 주는 일임을 모르지 않는 육선여다.

그래서인지 담용에게로 향한 애틋한 마음이 더해졌다.

"고모, 그러시다면 집에서 그리 멀지 않은 곳으로 적당한 가게를 알아보세요. 돈은 걱정하지 말고요."

"정말?"

"그럼요. 내일부터라도 당장 혜린이와 같이 다니면서 알아보세요. 대신 집에서 멀면 안 되는 조건입니다."

"그럴게. 아무튼 고맙구나."

"고맙긴요. 그리고 고모가 사기당한 돈 말인데요."

"얘는. 그런 말은 이제 하고 싶지도 듣고 싶지도 않다. 애들도 있는데……."

정말 싫었는지 슬쩍 외로 꼬는 육선여다.

"그게 아니라요, 돈을 찾을 수 있을 것 같아서요."

"엉? 차, 찾을 수 있다고?"

"예."

"저, 정말?"

"제가 좀 알아보고 고소를 했는데요. 근데 이미 그 전에 천경자란 여자가 구속이 됐다고 하네요."

담용은 모른 척하고 거짓말을 조금 섞어서 말했다. 돈만 찾으면 됐지 구구절절 사실을 말할 필요도 없는 일이어서다.

"어머! 아니, 왜?"

"그야 죄를 지었으니까 구속이 됐겠죠."

"저런! 이유가 뭐래니?"

"천경자가 고모 말고도 많은 사람들에게 사기를 쳐서 고소를 당했다고 해요. 그래서 경찰이 수배범으로 쫓고 있었다고 하더군요. 얼마 전에 잡혔고요."

"맙소사! 천 여사가 그럴 사람이 아닌데……."

'쯧.'

담용이 육선여의 안쓰러워하는 표정과 어이없는 말에 속으로 짧게 혀를 찼다.

"그럼 교도소에 있단 말이니?"

"교도소는 확정판결을 받았을 때 가는 곳이고요. 지금은 유치장에 갇혀서 조사를 받고 있다고 해요."

"저런, 저런!"

"경찰 측에서 도주와 증거인멸의 우려가 있다고 유치장에 가둔 거랍니다. 아마 내일쯤 검찰로 넘어갈 겁니다."

"세상에나……!"

"담당 경찰 말로는 피해자들의 돈을 다시 돌려받을 수 있을 거라고 하데요."

"어머나! 진짜!"

"예. 제가 그 소식을 듣자마자 고모 대신에 얼른 조치를 취했으니 아마 곧 통지서가 올 겁니다."

"아! 그러면 얼마나 좋겠니?"

감격했는지 두 손까지 모으고 기도 자세를 취하던 육선여가 다시 물어 왔다.

"얘, 절반만 찾아도 그게 어디야?"

"제가 듣기로는 전부 다 찾을 수 있다던데요?"

"정말?"

"예, 분명히 그렇게 들었어요."

"경찰이 직접 그렇게 말했다고?"

"그럼 누구한테 듣겠어요. 그리고 또 하는 말이, 천경자의 재산을 몰수해서 피해자들에게 돌려주는 과정에서 정산을 하려면 시간이 좀 걸리니, 한 달 정도 기다려야 할 거라고 했어요."

"옴마나, 세상에! 그렇게나 빨리?

담용이 굳이 본전 6억 원에서 더 붙을 것이라는 말을 하지 않아도 육선여의 표정은 이미 봄바람처럼 화사하게 풀렸다.

그도 그럴 것이 전부 잃어버렸다고 여겼던 돈, 아니 여태껏 잊고 있었던 돈을 다시 찾을 수 있다는 것을 천만다행으로 여긴 것이다.

아울러 조카에게 신세를 지지 않아도 된다는 안도감에서 더 그럴지도 몰랐다.

"정말 고맙다, 얘."

"제가 한 일은 고소를 한 것밖에 없어요."

"그랬으니까 찾을 수 있었던 거지. 안 그랬다면 경찰이 나란 사람을 알지도 못했을 것 아니니?"

"다 찾게 되어 있어요. 천경자가 전부 말하지 않았다가 나중에 드러나게 되면 더 큰 중벌을 받게 되는걸요. 아무튼 이번에는 사기당하지 말고 잘 간직하세요."

"아무렴, 아예 네게 맡겨 놓으련다."

"하하핫, 그러시든가요. 그리고…… 이따가 저녁에 저와 함께 갈 데가 있어요. 괜찮죠?"

"괜찮고말고. 어딜 가는데?"

"제가 조부모님으로 모시는 분이 계신데, 인사를 하러 갔으면 해서요."

담용은 고모를 조부모님께 인사도 시킬 겸 집안 식구들 모두 당분간 그곳에서 기거하며 생활하게 할 마음을 먹은 터였다.

이유는 조미연의 경고 때문으로, 혹시나 하는 마음에서였다.

더불어 퇴근하던 도중 은밀히 살펴보니, 사복 경찰로 보이는 건장한 사내 두 명이 집 근처를 서성이는 것을 확인했다.

어떻게 생각하면 실로 엄중한 일로, 결코 무심히 지나칠 수 없었다.

하지만 괜한 불안감으로 인해 일상생활에 지장이 있을까 싶어 가족들에게는 말을 하지 않을 작정이었다.

"아무렴 당연히 그래야지. 얼마나 고마우신 분들인데…… 내가 다 면목이 없구나."

"그런 생각은 안 해도 돼요. 두 분 모두 좋으신 분들이라 고모를 반갑게 맞아 주실 겁니다."

"호홋, 그랬으면 좋겠다."

"혜인이는 할머니께 가서 거기서 저녁을 먹었으면 좋겠다고 말씀드리고 준비를 좀 해 주렴."

"히히힛, 맡겨 주세요. 제가 다 알아서 할 테니까요."

"하하핫, 그래."

"어머나! 오빠, 지금 TV에 속보가 나오네요."

"응? 속보?"

혜린의 말에 담용과 가족들의 시선이 TV로 향했다.

"예, 자막에 고정간첩 전격 체포라고 쓰여 있는데요?"

'간첩? 혹시……?'

짚이는 바가 있는 담용이 얼른 입을 열었다.

"담민아, 어서 볼륨을 올려 봐라."

"네엡!"

담민이 볼륨을 올리자, 곧바로 장면이 바뀌면서 눈에 익은 여성 앵커가 영상에 잡혔다.

–방금 들어온 속보를 말씀드리겠습니다.

　중앙지방검찰청 공안 1부 최영일 검사장은 오늘 아침 통
일당 대표인 이정석 의원을 간첩 혐의로 전격 체포했다고 합
니다. 아울러 그 추종자들 역시 같은 혐의로 체포해 현재 구
금 중이라고 하는데, 자세한 소식은 서초동 검찰청에 나가
있는 이원익 기자를 연결해 알아보겠습니다.

　영상 화면이 반으로 나뉘면서 우측에 검찰청 건물을 배경
으로 마이크를 든 기자가 서 있는 모습이 잡혔다.

–이원익 기자?

–예, 이원익 기잡니다.

–어떻게 된 일인지 자세한 사정을 말씀해 주시지요?

–예, 중앙지방검찰청 공안 1부의 최영일 검사장이 방금
통일당 대표인 이정석 의원을 그의 추종자들과 함께 국가보
안법에 근거 간첩 혐의로 전격 체포했다고 발표했습니다.

–간첩 혐의가 어떻게 해서 이루어진 겁니까?

–아직은 본 기자도 전격 체포했다는 발표만 한 상태라 더
아는 것이 없습니다만, 최영일 검사장이 오후 6시에 이번 사
건의 내용에 대해 총괄해서 발표할 예정이라고 하니, 그때

가 봐야 자세한 한 것을 알 수 있을 것 같습니다.

—네에. 그런데 이정석 의원이라면 3선 의원으로서 중진 급에 속하는데 간첩 혐의라니, 다소 의외인데요?

—아직 자세한 내용을 발표하지 않은 상태라 본 기자 역시 예단해서 말씀드릴 것이 없습니다만, 검찰이 오늘 새벽에 이 정석 의원과 보좌관들은 물론 추종하는 당원들의 자택을 급 습해 수색한 것만은 틀림없어 보입니다.

—사무실과 가택수색을 할 당시의 화면이 있습니까?

—예, 검찰에서 제공한 화면이 있습니다. 잠시 그 당시의 영상을 보시겠습니다.

화면이 다시 바뀌면서 무척이나 흔들리는 영상이 클로즈업 됐다가 멀어졌다가를 반복하면서 화면이 수시로 바뀌었다.

"아휴, 당 대표가 간첩이라니……."

"언니, 또 정치용으로 써먹는 건 아닐까?"

"아닐걸. 통일당이 평소에도 좌파 색을 띠고 있는 당이라 는 말이 있었잖아?"

"그렇기야 하지만 그게 눈에 거슬려서일 수도 있잖아?"

"글쎄다. 우리가 알지 못하는 대형 사고가 일어난 건 아닌 지 모르겠다. 그걸 가리려고 이번 간첩 사건을 부각시키는 것인지도 모르지. 오빠 어떻게 생각해요?"

"나?"

"네."

"아무 생각 없는데?"

"핏! 또 먹고살기도 바쁜데 그딴 걸 왜 신경 쓰냐고 말하려고 그러죠?"

"어, 잘 아네?"

"칫! 어디 한두 번 들었어야죠."

'훗! 녀석.'

사실이 그랬다.

대학을 졸업한 혜린이는 비록 운동권 학생은 아니었지만 그런 쪽의 학생들에게 들은 것이 제법 많았다.

그 영향이었는지 한때는 정부를 부정하는 진취적이고도 급진적인 사고를 지니기도 했었다.

그래서 이슈가 될 만한 사건이 생기면 담용에게 흥분한 목소리로 방방 뛰며 역설하곤 했다.

그럴 때마다 담용은 '썩을 것들이, 먹고 죽을 것도 없는 판국에 무슨 시국 선언이며 데모야?' 하며 한 귀로 듣고 흘려버렸다.

그 당시 담용의 처지로서는 자신과는 상관없는 먼 나라 얘기였던 것이다.

혜린이 4학년이 되어서야 취직이라는 눈앞의 명제로 인해 그나마 시들해져 그런 이념 아닌 이념의 목소리도 수그러졌다.

'쯧, 고등학생인 혜인이까지 저 발표를 긴가민가하고 있을 정도면, 그동안 정치인들이 얼마나 국민들을 속여 왔는지 알 만하군.'

대부분 군정 시절의 여파가 가져온 불신이지만, 민간 정부가 들어섰어도 별로 달라진 것이 없으니 그게 더 문제였다.

모두가 평생을 정권욕에 매달려 온 정치인들 탓이다.

담용은 문득 귀순해 온 황장엽 씨가 한 말이 생각났다.

당연히 지금 발표된 것이 아니라 기억 저편에서의 일로 훗날의 일이다.

지금은 국정원에서 녹취록을 보관만 하고 있을 것으로 짐작됐다.

아마도 수권 정당이 여태껏 그래 왔던 것처럼 터트릴 타이밍을 재고 있는지도 몰랐다.

1997년, 목숨을 걸고 대한민국으로 귀순한 황장엽 씨는 이렇게 말했다.

–남한 정부 내 각급 기관을 비롯해 심지어는 권력의 심장부에까지 고정간첩이 박혀 있다. 대충 어림잡아도 남한 내에 북한의 고정간첩 5만 명이 암약 중임을 확신한다.

그야말로 충격적인 발언이 아닐 수 없다.

황장엽 씨는 또 '우연히 김정일의 집무실 책상 위에 놓인 서류를 보았더니, 그날 아침 여당 핵심 기관의 회의 내용과 참석자들의 발언 내용 등이 상세히 기록돼 있었다.'라고 말해 대한민국 사회에 충격을 더했다.

그의 말이 사실이라면 지금 남한 내에 고정간첩이 얼마나 많이 득실거리고 있을지 상상도 가지 않았다.

그럼에도 불구하고 검거되는 간첩이 거의 없다.

그래서 모 동지회라는 단체에서는 '간첩이 없어서가 아니라 간첩을 잡지 않고 묵과하고 있다.'라고까지 신랄하게 정부를 비판했다.

"언니, 대표가 고정간첩이라면 통일당이 종북좌파들의 모임이란 뜻이잖아?"

TV에선 가택수색을 하는 화면이 끝나고 원탁을 둘러싸고 초대된 패널들의 소개가 이어지고 있었다.

아마도 한참 이번 사건에 대해 온갖 유추를 하며 갑론을박을 해 댈 것으로 보였다.

"그거야 결과가 나와 봐야 확실히 알 수 있겠지. 내가 알기로는 반체제 인사들인 종북좌파들이 국회에까지 들어가 있대. 뭐, 검사나 판사 들 중에도 종북좌파가 있다고 하니 새삼스러운 일도 아니지 뭐."

"에이, 아무려면 그렇게까지야……."

"그래, 넌 그렇게 생각하는 게 나을 거다. 그만두자. 우리가 뭘 어떻게 할 수 있는 일도 아니니까. 오빠, 오늘 뭐 할 거예요?"

"그건 왜 물어?"

"히히힛, 저 나갔다 오려고요."

"데이트하러?"

"헤헷, 도원 오빠가 올 때가 됐거든요."

"고모한테는 인사시켰냐?"

"아뇨, 아직……."

"그럼 이렇게 하자."

"어떻게……?"

"정인 씨도 부를 테니 이따가 할아버지 댁에서 두 사람을 한꺼번에 인사시키도록 하는 게 어때?"

"저야 좋죠. 오빤 집에 있을 거죠?"

"아니, 나도 오랜만에 정인 씨랑 데이트나 할란다."

"그럼 같이 나가요."

"그래."

"옷 갈아입고 올게요."

혜린이 2층으로 올라가는 것을 본 육선여가 의문에 찬 표정으로 물었다.

"얘."

"예?"

"너희 둘 다 애인이 있는 거야?"

"하핫. 예, 지금 교제 중이죠. 이따가 저녁 때 소개시켜 드릴게요."

"남자야 직장만 뚜렷하면 인물이야 별로 따질 게 없지만, 넌…… 예쁘냐?"

"하하핫, 저도 옷을 좀 갈아입어야겠어요."

육선여의 은근한 물음에 담용이 슬쩍 싱거운 웃음으로 대신하며 일어서자 혜인이 톡 나섰다.

"고모, 무지하게 예뻐요."

"그래? 담민이도 그래?"

"히히힛, 전 얼굴보다 마음씨가 더 착하다고 봐요."

"호오, 그으래?"

육선여의 호기심이 더 깊어졌다.

"헤헤헷, 고모도 만나 보시면 마음에 쏙 드실 거예요."

"혜린이도 좋아하고?"

"그럼요. 둘이 얼마나 죽이 잘 맞는지 샘이 날 정도라고요."

"담수도 알아?"

"네. 면회를 같이 갔었는데, 작은오빠가 언니를 만나자마자 형수라고 하면서 얼마나 챙기든지……. 흥! 칫! 뿡!"

"호호홋, 혜인이 넌 마음에 안 드는 모양이구나."

"그런 건 아닌데요. 나이가 어리다고 언니하고만 속닥거리는 때가 많아서 괜히 샘나더라고요."

"에그, 그건 네가 이해해야지."

"뭐, 가끔 새언니가 용돈을 주니까 퉁 치는 셈 치고 이해하고 넘어가요, 히히힛."

"호호홋, 녀석. 그렇게들 말하니 고모도 무지 궁금해지는 구나."

"궁금증은 이따가 해소될 테니 넘어가요. 그보다 고모는 오늘 뭐 할 거예요?"

"나? 음……."

더 다그쳐 묻기도 뭐했던 육선여가 잠시 생각하고는 집 안을 둘러보며 말했다.

"집 안 청소나 좀 해 볼까?"

"에이, 그러지 말고 우리 영화 구경 가요."

"영화?"

"와! 대찬성! 고모, 액션 영화 보러 가요."

"무슨 소리야, 로맨스를 봐야지."

"싫어! 질질 짜는 영화가 뭐 좋다고?"

"액션 영화는 보고 남는 게 없잖아? 돈만 아깝지."

"아이구, 시끄러워라. 그만들 하렴."

"히히힛, 갈 거죠?"

"호호홋, 그래, 가자."

귀가 따가울 정도로 시끄러워도 이런 시간이 마냥 좋은 육선여는 입가에 웃음이 떠나질 않았다.

언제 이런 시간이 있었는지 기억도 가물가물한 육선여에게 담민이 매달렸다.

"고모, 액션, 액션! 알았죠?"

"로맨스라니까 자꾸 고집부릴 거야?"

"에구, 그건 극장에 가서 정하도록 해. 액션이나 로맨스가 있을지 없을지도 모르는데 벌써부터 난리냐?"

"좋아요. 만약 둘 다 상영하고 있으면……."

"가위바위보로 정하는 게 어때?"

"좋아, 담민이 너, 지고도 고집부리면 안 된다."

"싸나이가 한 입으로 어찌 두말을 해? 걱정 붙들어 매라고. 난 오히려 작은누나가 걱정되거든."

"헹! 나도 두말 안 해, 이것아."

"글쎄…… 워낙 깃털같이 가벼운 주둥이라 믿어도 될지 모르겠네."

"뭐야?"

"이히히힛."

후다다닥.

"너! 이리 안 와!"

"오호호호홋."

그렇게 담용의 가족들은 육선여가 옴으로써 깨가 솟아나는 시간이 더 길어졌다.

HDI빌딩 경락 작전 I

KRA TF팀 사무실.

"그러니까…… 한 과장님 말씀은 추풍령의 임야를 매입하겠다는 사람이 나타났다는 거지요?"

"예. 개인이 아니라 종교 재단인데, 사찰을 지을 예정이라고 합니다."

"우리도 임장 답사 이후 손을 놓고 있었던 물건이라 꽤 오랫동안 안 팔린 임야인데, 마침내 임자가 나타난 거군요."

"사실 종교 재단의 기도원이나 법인 연수원 용도가 아니면 매입할 곳이 마땅치 않은 물건이지요. 그래서 뒤로 미뤄 뒀던 것이었고요."

사실이었다.

물건을 접수하고 첫 번째 임장 답사 이후 거의 손을 놓고 있었던 터라 5개월이 지나서야 매입 제안이 들어온 것이다.

마치 길을 가다가 우연히 거금을 주운 격이다.

매도 희망가액은 120억 원이었다.

용도가 제한되어 있는 물건은 대부분 매입자의 흥정에 따라 좌우되기 마련이었다. 결국 가격이 문제인 셈이다.

"소유주 측은 가격을 그대로 가겠답니까?"

"정확히 1백억 원을 마지노선으로 하겠다고 합니다."

"흠, 120억에서 1백억이라……."

기억의 저편에서는 70억 원까지 내려갔어도 팔리지 않은 물건이었다.

95퍼센트 이상이 임야이긴 하지만 물경 27만 평에다 공정 80퍼센트 이상의 연수원과 연구실 2동이 지어져 있는 물건이다.

그래도 매각되지 않아 결국 조림된 식목들만 별도로 여의도공원을 조성하는 데 팔려 나갔었다.

그러나 아직은 이루어지지 않은 일. 방안은 있었다.

"결론은 매입자의 매입 희망 가격에 달렸군요. 얼마에 매입하기를 원합니까?"

"80억입니다."

'나쁘지 않은 금액인데…… 지금은 거절당할 액수로군.'

"한 과장님, 이 물건은 당장 거래가 성사되기는 어려울 겁니다."

"저도 1백억 원 아래로는 흥정이 안 될 것으로 여겨집니다. 그래서 매입자와의 관계를 돈독히 하는 데 역점을 두려고 합니다."

"흠, 당연히 그래야 하지만……."

말을 하다 만 담용이 눈을 지그시 감고는 기억의 전도체를 건드려 추풍령 임야에 관한 사항을 더듬었다.

'쯧.'

짧게 혀를 찬 것은 기억을 추적해 본 결과 관리해 봐야 소용이 없어서였다.

매입 예정자는 어느 날부터 추풍령 임야 대신 다른 장소를 물색했는지 소식이 끊어진 상태였다.

"아마…… 관계를 돈독히 한다고 해도 거래는 어려울 겁니다. 다른 대체 물건을 찾을 테니까 말입니다. 그러니 이렇게 하시지요."

"어떻게……?"

"먼저 매입 예정자를 홀딩시켜 놓으세요. 작업을 해서 80억에 맞춰 주겠다고 하면서 말이죠."

"방법이…… 있습니까?"

"임야에 식목된 나무나 조경수를 별도로 팔 수 있다면 가능할 겁니다."

"하지만 판로도 마땅치 않고 설사 팔린다고 해도 시간이 걸릴 텐데요?"

"서울시청에 공원을 조성하는 관련 부서로 가서서 문의해 보면 도움을 받을 수 있을 겁니다."

"아!"

담용의 언질에 퍼뜩 뭔가 떠올랐는지 한지원이 얕은 탄성을 토해냈다.

서울시라면 공원 녹지가 한두 곳이 아니어서 실수요자가 될 확률이 컸던 것이다.

서울시가 안 되면 각 시도와 접촉해 보면 해결책이 나올 것도 같았다.

즉, 수목을 팔아 20억 원을 충당하고, 매입자가 원하는 가격 80억 원을 보태 100억 원을 만들어 거래를 완성시키면 되는 것이다.

'하! 대단하군!'

수목을 별도로 팔아 해결해 볼 생각을 하지 못한 한지원은 담용의 묘안에 내심 감탄해 마지않았다.

"물론 문의하기 전에 수목 하나하나에 대해 세밀히 조사해서 수목별로 목록을 작성해 놔야 할 겁니다."

"알겠습니다."

"뭐, 알아서 잘하시겠지만 매각 방식이 좀 색달라서 매각자의 만족도를 높이려면 일을 주도하면서 해 나가야 할 겁니다. 그러려면 맨파워가 남달라야 할 겁니다."

업무에 빠삭하지 않으면 아무런 소용이 없는 것이 '맨파워'였으니 당연했다.

"명심하지요. 매각 방식이 서로 윈윈 하자는 구조인데 싫어할 리가 없죠. 아무튼 이 물건만큼은 반드시 제 책임하에 성사시켜 보겠습니다."

"하핫, 부탁합니다. 아마 준비해야 할 게 제법 될 겁니다."

"알고 있으니 맡겨 주십시오."

"예, 수고해 주시고요."

탁.

그것을 끝으로 팀원들과 검토하던 서류를 덮고는 옆의 제법 두툼하게 제본된 서류철을 앞으로 당겼다.

"이제 HDI빌딩에 대해 검토해 보지요. 잠시만요."

팀원들에게 양해를 구한 담용이 책자의 내용을 살피는 데 한참 동안이나 집중했다.

두툼한 두께만큼이나 내용도 복잡했던지 담용의 표정도 진중했다.

그렇게 서류를 살피는 데 여념이 없던 담용이 마침내 마지막 장을 덮고는 입을 열었다.

"일단 서류 검토는 대충 끝났는데…… 안 과장."

"넵!"

"HDI빌딩에 방문해서 임장 실사를 할 수 있는지 알아봐 줘."

"언제 갈 건데?"

"오늘 오후 중으로 갔으면 하는데…… 먼저 전화부터 해 보고 결정하도록 하지. 잠시만."

서류 옆에 놓인 전화기를 끌어 온 담용이 수화기를 들고 버튼을 눌렀다.

잠시 신호가 가고 폴린 멕코이의 음성이 들려왔다.

─폴린 멕코이요.

"멕코이 씨, KRA의 미스터 육입니다."

─오우, 미스터 육. 아직 약속 시간이 안 된 걸로 아는데요?

"하핫, 알고 있습니다만 오늘 오후 스케줄이 어떻게 되는지 알고 싶어서요."

─오후 3시면 일정이 끝나오만…….

"그러시다면 제가 물건 하나를 소개시켜 드리려고 하는데, 가 보시겠습니까?"

─호오, 당연히 가 봐야지요. 그러지 않아도 일정이 너무 늦어져서 마음이 급하던 참이오. 아, 그렇다고 아무거나 매입하거나 하는 일은 없을 것이니 그리 아시오.

"그러셔야지요. 그럼 이따가 3시에 모시러 가면 되겠습니까?"

─그리시오. 로비에 있을 테니 호텔에 도착하는 대로 전화를 주시오.

"알겠습니다. 그때 뵙죠."

─하핫, 기대하겠소.

수화기를 든 채 담용이 다시 버튼을 누르려다가 멈칫했다.

'가만! 멕코이 씨에게 올인시키려면 금액이 모자랄 때를 대비해 놓는 게 좋겠어.'

여차하면 합작 투자도 마다하지 않을 만큼 담용의 HDI빌딩에 대한 관심은 지대했다.

기실 센추리홀딩스가 보유하고 있는 금액만으로 경매에 응찰할 자격은 충분했다.

하나 그러지 못하는 것은, 외투사들의 자금이 국내에 유입되도록 하는 것이 주 목적이었기 때문이다.

그런데 두고 보기도 쉽지 않은 것이, 외투사들이 작당을 해서 물건들을 저렴하게 혹은 헐값으로 매입하려고 수를 쓰는 게 보였다.

당연히 견제는 필요악이었다.

고로 가장 효율적인 방법은 국내 자금을 사용하기보다는 외국인이 보유한 자금으로 투자를 하게 하는 것이다.

주지하다시피 외투사들의 투자를 유치하기는 어렵다.

그러나 폴린 멕코이같이 그들과 전혀 관계없는 외국인 투자자로 하여금 경쟁을 하도록 하면 얼마든지 가능하다.

설사 보유하고 있는 자금이 모자란다 해도 합작해서 투자해 수익은 분배하면 되는 것이다.

물론 목적 물건에 관심을 갖도록 하는 것은 전적으로 담용의 몫이었지만 말이다.

전화기를 내려놓은 담용이 휴대폰을 들었다.

"한 통화만 더……."

검지를 까닥이며 팀원들에게 다시 한 번 양해를 구하고는 단축 번호를 꾹 누른 담용이 잠시 눈을 모으더니 입을 열었다.

"회장님, 접니다. 하핫, 죄송합니다. 다른 게 아니고요. 이따가 들를 테니 법인 통장을 준비해 놓으십시오. 자세한 사정은 그때 말씀드리지요. ……예, 이따가 뵙겠습니다."

탁!

폴더를 접은 담용이 안경태를 쳐다보았다.

"안 과장, 오후 3시에 방문할 수 있는지 좀 알아봐."

"넵!"

안경태가 휴대폰을 드는 것을 본 담용의 시선이 유장수에게로 향했다.

"유 선생님, HDI빌딩에 관한 자료는 이것이 전붑니까?"

"그러네. 우리가 마련할 수 있는 건 다 구해서 정리를 했다네."

"방대한 자료를 준비하고 제본까지 하느라 수고가 많으셨네요."

"뭐, 안경태 과장이 애써 준 덕분에 나는 별로 한 게 없었네."

"하핫, 예. 안 과장이 큼지막한 건을 해낸 셈이네요."

담용이 쳐다보니 안경태가 막 통화를 끝내고 있었다.

"뭐래?"

"가능하다고 하는데, 몇 명이 올 거냐고 묻기에 세 명이라고 했어."

"잘했어. 나, 안 과장, 폴린 멕코이 씨, 이렇게 세 사람이 방문할 테니까, 자네가 안내를 책임지면 되겠군."

"그러지."

"그나저나 이번 HDI 건은 성사를 불문하고 안 과장의 공이 크다는 건 인정해."

"별말씀을. 어쩌다 보니 상무보로 계신 분이 친구 형이라…… 순전히 운빨이지 뭐."

"하핫, 운도 실력이지. 근데 친구 형이 상무보로 있다는 건 어찌 알았어?"

"친구 녀석이 술자리를 할 때마다 자주 제 형 자랑을 해 대는 바람에 모를 수가 없었지."

'후훗, 뜻하지 않은 데서 대어를 낚은 기분이군.'

담용은 HDI산업에서 외투사들 외에 HDI빌딩에 대한 제반 개요를 공개하지 않아 난감했었는데, 엉뚱하게도 안경태가 해결해 줌으로써 일이 한결 수월해졌다.

덩달아 폴린 멕코이에게 제대로 된 매입 제안서를 제출할 수 있게 되었으니, 더욱더 이번 일이 잘 풀릴 것 같았다.

뭐, 구슬이 서 말이라도 꿰어야 보배가 되는 것처럼 아직 갈 길이 멀긴 했다.

어쨌든 기분이 흡족했으니 기분파가 되어야 할 시점이었다.

"아무튼 이번 일이 성사되면 안 과장에게 특별수당이 지급될 테니 기대해도 좋아."

"어? 저, 정말?"

"그래, 팀장의 약속이다."

"우히히힛."

"우와! 안경태, 조오캤다. 결혼 자금을 한 방에 해결해 버리다니 엄청나네!"

안경태의 입이 헤벌어질 때, 송동훈이 결혼 자금 운운을 하며 자신의 일처럼 좋아했다.

"엉? 뭐라고? 결혼 자금? 그게 뭔 말이야?"

"호호홋, 팀장님, 안 과장이 목하 열애 중인 걸 모르시죠?"

"엥? 안 과장 열애 중이라면…… 지금 저 친구한테 애인이 생겼다는 겁니까?"

"네ㅡ!"

"하! 어, 언제요?"

"호홋, 며칠 되진 않았지만 둘이서 죽고 못 살더라구요."

"야! 설수연! 그만해!"

"왜? 팀장님께 으스대고 싶어서 입이 근질근질했잖아?"

"저게…… 내가 언제 그랬어?"

"흐이구, 제 입으로 말해 놓고 그새 까먹었네."

"난…… 그런 말 한 적 없다."

"하! 팀장님이 오시면 깜짝 놀랄 거라고 한 게 누구더라?"

'하이고오-! 저 입을 콱 꿰매 버리고 싶네.'

"하하핫, 안 과장, 뭐라고 했으면 어떠냐? 축하할 일이구만. 아무튼 싱글 탈출을 축하한다."

"히히힛, 고마워."

"그냥 넘어가면 안 되겠지?"

"케헴, 안 그래도 팀장이 오면 한턱내기로 했어. 보아하니 오늘은 안 되겠고, 언제 날 잡을까?"

"풋, 안경태가 애인이 생겼는데 즉석으로 날을 잡으면 곤란하지. 일간 한가한 날을 봐서 껍데기를 벗겨 주지."

"으으…… 팀장, 애인이 생긴 게 뭐 큰일이라고 껍데기까지 벗기려고 그래? 송 과장은 그냥 넘어갔잖아?"

"어? 그러고 보니 송 과장하고 설 과장은 얼렁뚱땅 넘어갔네. 그건 안 되지."

"으이그, 안경태! 우린 왜 물고 늘어지냐?"

"으흐흐흐, 친구라면 어디든 같이 가야지 너만 쏙 빠지려고? 흥! 어림도 없다."

"빌어먹을 자식."

"안 과장, 애인은 뭐 하는 사람이야?"

"호호홋, 팀장님이 한번 알아맞혀 보시죠?"

"엉? 그 말은 나도 아는 여성분이라는 겁니까?"

"아이, 스무고개로 맞힐 생각은 마시고요."

"그래도 힌트는 줘야죠. 뜬금없이 맞춰 보라면······."

"아이고, 답답해! 팀장님!"

"어? 고미옥 씨."

"안내 데스크의 한송이 씨가 안 과장의 애인이에요."

"고미옥이 너······."

"언니, 제가 더 답답해서 복장이 터질 것 같은데 어떡해요? 그냥 속 시원하게 말하는 게 낫죠."

"너, 두고 보자."

"헤헤헷."

고미옥이 설수연에게 혀를 날름할 때, 담용은 조금은 황당한 표정을 자아내며 확인차 물었다.

"안경태, 애인이 한송이 씨야?"

"······으응."

"헐!"

'저 녀석이 한송이를 꼬였다고?'

여자라면 팀원들을 제외하고는 말도 못 붙이던 안경태임을 알고 있는 담용이라 자신이 확인하고도 믿기지가 않았다.

"허허헛. 팀장, 그렇게 놀란 눈을 할 필요가 없다네."

"예? 제가 모르는 뭔가가 있습니까?"

"설수연 씨가 월하노인 역할을 했다네."

"에? 중매쟁이가 설 과장이라고요?"

"그러네. 그렇지 않으면 안 쑥맥이 언제 한송이에게 접근할 수 있었겠나?"

"유 부장님! 쑥맥이라뇨?"

"아아, 미안, 이젠 쑥맥이 아닌 걸 깜빡했네."

이전까지는 숙맥이었다는 얘기.

"푸하하핫."

"쿠쿠쿠쿡."

"우쒸."

M호텔, 비즈니스 룸.

"Wow! That's amazing!"

담용의 제안서를 검토하던 멕코이가 예상 낙찰가를 보고는 경악성을 내지르더니 눈이 퉁방울처럼 튀어나왔다.

"엄청나긴요. 멕코이 씨가 가진 돈으로 가능한 금액인데요."

"하! 건물을 실사할 때 가격이 어마어마할 것이라는 걸 짐작은 했지만, 6억 달러라니…… 내겐 너무 큰 금액이오."

담용의 별것 아니라는 투의 말에 멕코이가 자신이 없다는 듯 머리를 절레절레 저었다.

과한 제스처임을 안 담용이 정색을 하고 물었다.

"멕코이 씨, 당신이 가진 자금 중 동원 가능한 금액이 얼마지 말해 줄 수 있습니까?"

"탈탈 긁는다 해도 어림없소. 이 건은 내겐 무리요."

손까지 내젓는 멕코이다.

"그럼, 한 가지 묻지요. 건물이 마음에 들긴 합니까?"

"물론이오. 하지만 욕심을 낸다고 해서 내 것이 되는 건 아니잖소?"

"그렇다면 제가 제의를 한 가지 할 테니 들어 보겠습니까?"

"제의?"

"예. 들어 보시고 그래도 포기하겠다고 하면 이 건에 대해서는 더 이상 언급하지 않겠습니다."

"흠. 뭐, 들어 본다고 해서 나쁠 것은 없겠지요. 어디 말해 보시오."

"하하핫, 결코 나쁘지 않을 겁니다. 안 과장, 그거 줘."

"예."

안경태가 서류 가방에서 예금통장을 꺼내 건넸다.

"멕코이 씨, 이 통장은 제가 부동산 자산을 관리하고 있는 회사의 법인 통장입니다. 일단 한번 보시지요."

스윽.

"……?"

담용이 통장을 앞으로 밀자 호기심이 일었는지 멕코이가 돋보기까지 끼고 자세히 들여다보고는 담용을 쳐다보았다.

"홀딩스사의 부동산 자산을 미스터 육이 관리하고 있다고요?"

"예, 제가 자산운용매니저 역할을 하고 있습니다. 그렇기에 법인 통장을 지참하고 다닐 수 있지요."

"허어!"

가볍게 탄성을 내지른 멕코이가 중얼거리듯 말했다.

"아무리 나이가 개인의 능력을 판단하는 기준이 될 수 없다지만…… 미스터 육, 당신 대단한 사람이었군요."

"별말씀을요. 실적과 결과만이 능력의 기준이 되는 비즈니스의 세계에서 이리저리 치이다 보니 조그만 능력을 발휘한 적이 있었는데, 그것이 다소 과하게 다가온 것뿐입니다."

"허헛, 영의 숫자가 엄청난 걸 보면 달러로 환산해도 적지 않은 금액인 것 같소. 이런 거금을 턱 맡길 정도면 두 가지 이유밖에 없지요. 하나는 미스터 육의 능력을 알고 맡기는 것. 다른 하나는 홀딩스사의 배포가 상식에 맞지 않다는 것이지요."

"아마 전자의 말이 맞을 겁니다. 신뢰를 바탕으로 하는 홀딩스사가 상식에서 벗어나서는 될 일도 안 될 테니까요."

"하하핫, 맞소. 근데 이거 달러로 환산하면 얼마요?"

"대략 5억 8천만 달러가 될 겁니다."

"헐ー! 하면 통장에 적힌 법인으로 참여해도 되지 않겠소?"

센추리홀딩스를 말함이다.

"자산운용사라는 것이 투자자들이 십시일반으로 모아 준 자금을 운용하는 데라 한 곳에 올인하는 법은 어느 나라에도 없습니다."

"하긴……."

"그래서 제의를 하고자 합니다. 멕코이 씨가 동원할 수 있는 자금을 밝히시면 저희와 합작 투자를 하되 전면에 나서서 주도적으로 일을 추진해 나가 주십시오."

"엉? 센추리홀딩스는 어쩌고요?"

"저희는 신설 법인이든 멕코이 씨가 기존에 가지고 있는 법인이든 상관없이 이사만 한 명 등재할 수 있으면 그걸로 족합니다."

"허! 홀딩스사의 일이 이전을 구가하는 것이 첫 번째 덕목이라지만 너무 양보하는 것 아니오?"

"어차피 주주가 되니 지분율에 따라 수익만 배분받는다면 상관없지요."

"그거야 당연한 얘긴데……."

"멕코이 씨, 값비싼 코스 요리를 앞에 두고 입만 다시고 있거나 싸구려 햄버거를 먹을 필요가 있겠습니까?"

"하하핫, 그거 재미있는 표현이군요."

말인즉 눈앞에 훌륭한 먹거리를 놔두고 주변의 부스러기를 탐할 필요가 없다는 뜻이다.

'흠, 솔깃한 제안이긴 해.'

멕코이는 제안이 마음에 들긴 했지만 워낙 거액이었던 탓에 선뜻 결정을 내리기가 쉽지 않았다.

그러나 주저하기에는 장점이 너무 많았다. 어딘가 자신이 모르는 함정이 있을까 저어될 정도로 말이다.

첫 번째 메리트는 수익성을 논외로 하더라도 인텔리전트 빌딩에다 준공 직전의 신축이라는 점.

두 번째로 솔깃해지는 이유는 외국에 여러 개의 잡다한 부동산을 보유하고 있는 것보다 탄탄하면서도 안정적인 자산 한 가지를 보유하는 것이 관리하기에 좋다는 점.

물론 리세일의 경우도 고민해 봐야 할 것이나 그것은 자료를 검토해 보면 알게 될 일이다.

세 번째 메리트는 경매로 나온 물건이라 최대한으로 잡아도 시세의 3분의 2 가격에 소유할 수 있다는 점.

네 번째는 어쩌면 가장 큰 메리트라고 할 수 있는 목적물의 위치다.

멕코이 자신이 그동안 머물면서 물건 투어를 해 본 경험에 비추어 보더라도 최적의 요지였다.

한마디로 말하면 부야베스bouillabaisse(프랑스 고급 요리)를 놔두고 맹물만 넣고 끓인 싸구려 스튜를 택해서 먹을 필요가 없다는 뜻이다.

'쯧, 생각이 많다 보면 종국에는 할 게 아무것도 없지.'

멕코이가 갈등을 빚고 있는 것을 직감한 담용이 은근한 어조로 권했다.

"멕코이 씨, 우리는 당신의 신뢰를 깨지 않을 것을 약속드립니다. 그래서 확실을 기하기 위해 업무 협약서를 작성해 서로 윈윈 했으면 하는 바람입니다."

"MOU라······."

"시일이 그리 넉넉하지가 않습니다. 저희도 솔직히 멕코이 씨 외에 다른 대안이 없다고 말씀드리지요. 있었다면 저희에게 유리한 클라이언트와 접촉했을 겁니다."

"허헛, 솔직하군요."

"돈에 관련된 일이라면 그것이 무엇이든 거짓이 있어서는 될 일도 안 된다는 걸 잘 알고 있으니까요."

"그 말은 맞소. 하면 지분율은 어떻게 되오?"

'으차! 반은 넘어온 건가?'

혹시나 해서 차크라의 기운을 보내 슬쩍 감지해 보니 트릭이나 악의가 느껴지진 않았다.

진심이라고 여긴 담용이 보다 적극적으로 나섰다.

"저희는 기본적으로 50대 50으로 생각하고 있습니다만, 가능하면 멕코이 씨의 의견을 최대한 반영하려고 합니다."

"50퍼센트의 지분율이면 가능할 것도 같소만······."

선뜻 말을 맺지 못하고 고개를 갸웃하는 멕코이다.

'어라? 뒤로 한 발 빼는 거야?'

"당장 결정하기에는 고려해 봐야 할 게 너무 많소."

"뭐, 시일이 촉박하긴 하지만 아직은 여유가 있는 상황이지요. 다만 경락 자격을 취득하려면 앞으로 10일 내에 5억 달러의 잔고를 증명해야 하니, 결정이 빠르면 빠를수록 일이 수월할 겁니다."

5억 달러는 한화로 6천억 원가량이다.

"뭐, 좋소이다. 나도 가능하면 합작하는 쪽으로 고심을 해 보겠소만, 왜 하필이면 나인 거요? 그 많은 투자회사들을 제쳐 두고 말이오. 설마 만만해 보여서 나를 택한 것은 아닐 테고······."

"그럴 리가 있겠습니까? 실은 우리나라에 진출해 있는 외투사들은 모두 의기투합해 있기 때문입니다."

"의기투합? 뭔 말이오?"

"서로 단합을 하고 있단 뜻이지요."

"아아, 서로 나눠 먹기식이라는 말이군."

경매 물건을 서로 작당해서 가격을 떨어뜨려 낙찰을 받는다는 뜻이다.

"맞습니다. 그들은 치고 빠지는 전법을 고수하는 헤지 펀드들입니다. 그래서 진정한 파트너십을 이루기도 어렵고 설사 저희가 합작할 마음이 있다고 해도 비집고 들어갈 틈이 없습니다."

끄덕끄덕.

"일리 있는 말이오."

멕코이도 외투사들의 전형적인 투자 방식에 대해 잘 알고 있는 듯 별 의심 없이 수긍했다.

이쯤에서 자신도 진정성을 보여야 대화를 계속 이어 갈 수 있을 것 같아 말투를 은근한 어조로 바꾸었다.

"솔직히 구미가 당기는 물건이긴 하오."

'훗! 구미가 안 당긴다면 당신은 사기꾼일 뿐이지.'

"좋소이다. 심각하게 고민해 보도록 하겠소. 내게 이틀만 여유를 주시겠소?"

"그러지요."

"그런데 정말 이쪽에서 지분을 마음대로 정해도 되는 거요?"

"그렇습니다. 하지만 너무 욕심을 부리지는 마십시오. 우리도 마지노선이 있으니까요."

"그게 어느 정도요?"

"HDI빌딩의 경우 적어도 30퍼센트의 지분은 가져야 원하는 수익을 취할 수가 있습니다. 그러니 최소한 30퍼센트의 지분은 양보하셔야 합니다."

'30퍼센트라면······.'

경영권을 위협할 만한 지분율이 될 수가 없다.

'이렇게나 양보하는 이유가 뭐지?'

슬쩍 의심이 고개를 쳐들었지만 이내 접었다. 이유는 센추리홀딩스의 의도가 무엇이든 70퍼센트의 지분을 확보하면 끝나는 일이기 때문이었다.

"알겠소. 뭐, 서류를 검토해 보면 대충 예상할 수 있겠지만 미스터 육은 낙찰가가 어떻게 되리라 보오?"

"우리가 마음을 졸여야 하는 금액은 5억 6천만 달러이고, 여유를 갖고 느긋하려면 7억 2천만 달러 정도 생각해야 합니다."

'으음, 70퍼센트 지분율이면······ 5억 달러에 조금 못 미치는군.'

마지막 밑천까지 탈탈 털어도 역부족인 금액이라 사실은 무리다.

그런데 언급했듯 장점이 많은 데다 합작 투자 제의까지 해 오자 호기심이 동해 거절하기가 어렵다.

'일단 조금 더 검토해 보는 게 좋겠어.'

내심으로 어느 정도 결정은 했지만 아직 가타부타 말하기에는 시기상조였다.

"경쟁자는 외투사들이겠군요."

"그렇지요. 하지만 경락에 필요한 자금만 갖추고 있다면, 법인이든 개인이든 무제한으로 참여할 수가 있습니다."

이건 담용이 그렇게 만들어 나갈 계획이었다. 적어도 멕코이까지 포함해서 세 개의 법인을 경락에 내세울 작정을 한 상태였다.

"법인이라면 몰라도 5억 달러라는 거액을 갖춘 개인이 몇이나 있겠소?"

"그건 모르지요. 경매란 것이 항상 의외의 변수로 인해 시끌시끌한 법이라서요."

"미스터 육의 생각에는 외투사들은 어느 정도 금액에 단합할 것 같소?"

"6억 달러에서 7억 달러 사이가 되지 않을까 예상하고 있습니다만, 조금 더 정보를 취합해 봐야 최대한의 근사치까지 도출해 낼 수 있을 겁니다."

"헐, 단합을 한 것치고는 생각했던 것보다 고액이군요."

"거기에는 그럴 만한 이유가 있습니다."

"그게 뭐지요?"

"코리아가 곧 구제금융하에서 탈출한다는 정보가 있으니까요."

"예? 그새 빚을 다 갚았다고요?"

"그럴 리가요, 우선은 단기 차관을 상환하는 정도일 겁니다."

"그래도 너무 빠른데……."

"제가 들은 정보에 의하면 올해가 가기 전에 국제통화기금에서 차입해 온 돈을 상환할 것이라고 합니다. 물론 대통령이 발표를 할 겁니다."

실제로도 그랬다.

담용의 기억으로는 3개월 후인 12월 4일에 대통령이 공식발표를 했었다.

−국제통화기금의 모든 차관을 상환하였고, 우리나라가 'IMF 위기'에서 완전히 벗어났다.

이후, 2001년 8월 23일에는 대한민국에 대한 IMF 관리 체제가 종료된다.

"하! 믿기 어렵군요."

실로 믿기지 않는다는 듯 머리를 저어 대는 멕코이다.

그도 그럴 것이 부동산 투자로 부를 일군 그가 주로 다니면서 돈을 갈퀴로 쓸어 담은 곳이 외환 위기에 처한 국가들이었다.

영국을 비롯해 인도네시아, 태국 그리고 최근의 멕시코까지 다녀 봤지만 이토록 빨리 외환 위기에서 벗어나는 국가는 보지 못했던 것이다.

그런 이유로 담용의 말이 쉬 납득이 가질 않았다.

"멕코이 씨, 제가 하지 말아야 할 말까지 했다는 걸 잘 압니다. 하지만 진정한 파트너라면 정보를 공유해서 백 퍼센트에 가까운 완벽한 계획을 세워야 한다고 봅니다. 그리고 제가 이런 정보를 취합할 정도라면, 외투사들이 손을 놓고 있을까요?"

"흠, 아마 그들도 알고 있을 공산이 클 거요."

그 점은 확신하는 멕코이다.

모든 투자는 정보를 바탕으로 하는 것이 원칙이었기에 반드시 그래야만 했다.

그 역시 나름대로 정보를 구하는 소스가 있고, 자문을 구하는 회사만 해도 서너 군데가 된다.

즉, 투자를 결심하기까지 결코 혼자서 결정하지 않는다는 말이다.

그만큼 거액이 걸린 투자는 확신을 했더라도 마지막까지 조심에 조심을 거듭하지 않으면 안 된다.

아무튼 이렇게 되면 상황이 180도로 달라진다.

IMF 이전과 이후.

시나리오는 빤하다.

헐값에 나온 부동산이 정상 가격으로 환원되는 것은 시간문제인 것이다.

"경쟁이 심해지겠소."

"그렇습니다. 정보가 곧 돈인 사람들이 그런 정보를 놓치지 않았다면 분명히 그렇게 될 겁니다. 코리아 정부에 정보 라인을 깔아 놓는 건 그들에겐 기본적인 일일 테니 말입니다. 아마 코리아 정부의 발표가 언제쯤일 거라는 점까지 알고 있을 겁니다. 물론 저 역시도 알고 있는 것이고요."

"오-!"

담용의 마지막 말에 탄성을 발한 멕코이는 새삼스럽다는 표정으로 쳐다보았다.

외투사들의 정보 라인 같은 소스를 담용도 못지않게 깔아 두고 취합하고 있음을 안 것이다.

더구나 코리아가 안방이나 마찬가지니 외투사들보다 조금 더 유리하면 했지 못하지는 않을 것이라는 것도.

"그게 언제쯤입니까?"

"아직 확실한 날짜는 나오지 않았습니다. 제가 알기로는 대략 3개월 후인 12월 초쯤입니다."

"흠. 혹시 말이오, 코리아가 외환 위기를 벗어나게 되는 근거가 될 만한 예를 하나 들어 줄 있겠소?"

'풋! 꼬치꼬치 묻는다는 것은 거의 결정을 했다는 뜻인가?'

그렇지 않다면 표정도 심드렁했을 것이고 대화도 건성이었을 것이다.

"한 가지 팁을 더 말해 드리지요. 코리아 정부는 위기 발생 때 충격을 흡수하는 완충장치로서 외환 보유액을 꾸준히 늘려 왔습니다. 현재는 39억 달러까지 떨어졌던 외환 보유액이 1천억 달러에 육박하고 있다면 믿으시겠습니까?"

"오호! 하면 곧 관리 체제에서도 졸업한다는 말이군요."

"그건 아마 내년 상반기까지는 어렵고, 하반기 초반쯤이 되지 않을까 여겨집니다."

사실 또한 그랬다.

단기 차관에서는 벗어나긴 했지만 구제금융 195억 달러를 상환하기 전에는 IMF 관리 체제하에 있는 실정이다.

그러나 2001년 8월 23일에는 195억 달러를 조기 상환함으로써 IMF 관리 체제를 완전히 졸업하게 된다.

담용의 말을 듣고 두툼한 볼살을 연방 실룩거리던 멕코이는 지금이 아니면 기회가 없음을 알았다.

이유는 IMF 체제하의 상황과 탈출한 상황은 엄청난 차이가 있기 때문이다.

그의 경험에 비추어 봐도 외투사들 역시 이 물건만큼은 단합이 어려울 것이라는 확신이 들었다.

이는 뜨거운 경쟁을 예고하는 전주곡이나 다름없다.

게다가 웬만한 단점을 커버할 장점들이 너무 많았다.

코리아의 외환 위기 탈출 전의 마지막 대형 부동산.

그것도 리모델링이나 대수선이 필요 없는 준공 직전의 신축 건물이다.

그야말로 먹음직한 먹잇감.

서류 말미에 얼핏 눈에 띈 리세일 금액만도 무려 10억 달러다.

당연히 외환 위기를 탈출했을 때의 금액이지만, 그것이 최소가임을 모르지 않았다.

멕코이 생애 최대의 기회.

갑자기 몸이 으슬으슬해지면서 오한이 들었다. 뇌의 인지 범위를 능가하는 금액에 생체리듬이 일시 이상 증세를 보인 탓이었다.

심장이 벌떡거리면서 살짝 흥분이 됐다.

'후우—!'

심호흡으로 달래 보지만 쉬 진정이 되지 않았다.

'파리 떼가 적지 않게 꼬이겠는걸.'

내심은 참여하기로 마음을 굳혔고, 참여한다면 합작 투자 밖에는 답이 없다.

솔직히 론을 일으켜 부족한 금액을 충당할 수는 있겠지만 처음부터 부담이라는 리스크를 지고 싶지가 않았다.

신중한 기색으로 생각에 골몰해 있던 멕코이가 입을 열었다.

"미스터 육, 이 서류는 내가 가져가도 되겠지요?"

"그럼요. 다각도로 수익성 분석도 해 놨으니 꼼꼼하게 살펴보시기 바랍니다. 더구나 멕코이 씨 같은 분이라면 주변에 도움을 받을 사람들이 적지 않을 테니, 그들과 충분히 의견을 나눠 보신 후에 연락을 주십시오."

"언제까지 연락을 주면 되겠소?"

"빠르면 빠를수록 좋습니다."

"흠, 그리 늦지 않을 거요. 늦어도 모레까지는 연락을 주겠소."

"기다리지요."

"그럼 난 이만……."

"예, 편히 쉬십시오."

서류를 챙겨 넣고 자리를 벗어나는 멕코이의 걸음걸이에 서두르는 기색이 역력했다.

HDI빌딩 경락 작전 Ⅱ

폴린 멕코이와의 미팅을 끝내고 돌아오는 담용의 머릿속은 바쁘게 돌아가고 있었다.

담용 역시 방금 헤어진 폴린 멕코이가 결코 순순하지 않다는 것을 모르지 않았다.

기실 마해천 회장의 성화에 30퍼센트 지분 참여도 하고 싶지 않았다. 입에 거품을 물 정도로 워낙 반대가 심해서다.

하지만 지분 참여가 없이는 폴린 멕코이를 끌어들일 만한 미끼가 없어 30퍼센트의 지분을 인심 쓰듯 요구한 것이다.

'쩝, 아쉽네.'

지분 30퍼센트는 폴린 멕코이가 보유한 자금이 5천억 내외라는 것을 알기에 어쩔 수 없는 선택이었다.

이는 멕코이가 애초 의뢰했던 물건의 총액을 산출해서 계산해 본 액수였다.

'쯧, 마 회장님에게 한마디 듣게 생겼군.'

최하 3천억 원은 준비해 둬야 한다는 결론이라, 마해천 회장에게 비밀로 할 수도 없게 되어 버렸다.

'어째…… 이번 HDI빌딩 경매 건은 치열할 것 같은 예감이군.'

기실 기억 저편에서의 경락 금액은 6,900억 원이었고, 경락자는 파이낸싱스타였다.

6,900억 원.

시세가 1조 2천억 원이니 헐값도 이런 헐값이 없다.

물론 헐값이 된 스토리 이면에는 파이낸싱스타가 뿌린 적지 않은 돈이 있겠지만, 그 돈은 모두 대한민국과 전혀 관계가 없다.

뒤에 파이낸싱스타가 뿌린 돈이 무려 1천억 원이란 믿지 못할 소문이 돌았지만, 당시는 뜬구름 같은 소리라며 픽 웃어 버렸다.

짜고 치는 고스톱이 성공했을 때, 대가가 없을 리 없다.

대한민국의 이득과는 하등 관계없는 일을 막으려는 담용의 목적은 오직 하나다.

기억 저편의 경락 대금 6,900억 원을 수단과 방법을 가리지 않고 최대치로 끌어올리는 것.

그러려면 외투사들이 생각지도 상상하지도 못하는 작전이
필요했다.

특히 외투사들을 주도하고 있는 파이낸싱스타.

킬러까지 동원해 사람까지 죽일 정도인 파이낸싱스타라면
지금쯤 필시 센추리홀딩스의 일거수일투족을 살펴보고 있을
것이 틀림없다.

업무의 입지가 좁아질 수밖에 없는 것은 살해된 김성택의
일 같은 게 또 한 번 재현될 수 있다는 염려에서였다.

마해천 회장도 그 점을 염려했는지 법인 통장을 가지러 갔
을 때, 고집스럽게 우려의 목소리를 냈다.

"담용아, 이번 HDI빌딩 경매 건은 피하고 싶구나."

"아니, 왜요?"

"아무래도 김 과장이 살해된 것이 마음에 걸려."

"그것과 경매 건이 무슨 상관이 있다고요? 혹시 돈 때문에
그러세요?"

뻔히 알면서도 능청스럽게 굴었지만 돌아오는 대답은 의
외로 강경했다.

"인석아, 지금도 부담이 되지만 아무리 생각해 봐도 김 과
장이 파이낸싱스타와 사사건건 부딪친 경매 건이 사건의 발
단이 된 것 같아서 그래."

"에이, 그게 무슨 황당한……."

'나 참, 노인네 촉이 왜 이리 좋아?'

늙은 쥐가 독을 뚫는다고 김성택의 죽음에 뭔가 석연찮은 스토리가 있음을 감지한 것 같은 표정이었다.

뭐, 알 턱이야 없겠지만.

"시끄럿! 그…… 콜란지 멕콜인지 잘 설득해서 입찰에 나서도록 하고 너는 뒤로 빠져. 알았어?"

"……."

"대답 안 해?"

"아, 알았어요."

"그럼 분명히 약속하거라. 그래야 통장을 내줄 테니까."

"알았어요. 제가 알아서 할게요."

"흥! 알아서 한다고? 그게 약속이냐?"

"약속한다고요. 됐죠?"

"빌어먹을 놈. 만박아, 통장 다시 금고에 넣어 둬라."

"앗! 약속한다니까요. 절대로 안 나설게요. 약속, 약속요!"

다급해진 담용이 새끼손가락을 내밀었다.

"남아일언!"

"중천금!"

"일구이언!"

"이부지자!"

"좋아, 믿어 보지. 만박아, 통장 내줘라."

그렇게 센추리홀딩스의 입지는 좁아지게 되었고, 70퍼센트라는 지분의 양보도 여기서 비롯됐던 것이다.

따라서 센추리홀딩스는 공동 경매자로 이름조차 내세울 수 없어 대항마로 세운 폴린 멕코이에게 전적으로 맡기는 형국이 되어 버렸다.

'쩝, 3천억 원을 투자하고도 고작 이사 자리 달랑 하나 받아 오는 건가?'

입안이 쓰긴 했지만 담용은 대항마를 폴린 멕코이 한 사람에 국한할 생각이 없었다.

뭐, 7억 2천만 달러에 낙찰을 못 받아도 그만이다. 그 이상의 낙찰가는 더 이상의 헐값이 아니어서 애초의 목표는 달성하는 셈이 된다.

'후후훗, 인맥은 이럴 때 써먹어야지.'

담용은 애마를 한갓진 장소에 멈춰 세웠다.

끼이익.

"어? 팀장, 왜 멈춰!"

"어, 잠시만. 전화 딱 두 통화만 하고 가자."

"두 통화씩이나?"

"후후훗. 기다려 봐, 네 공이 큰데 그걸 헛물켜게 할 수는 없잖아?"

"히히힛, 그렇다면야 백 통을 해도 기다려야지 빨리 전화 해."

"짜식."

씨익 웃어 준 담용이 휴대폰을 들고는 단축 번호를 눌렀다.

'미첼 슬레이프 씨의 목소리를 들은 지도 꽤 됐구나. 후훗, 아쉬울 때만 부른다고 역정이나 안 낼지 모르겠네.'

"아! 슬레이프 씨, 미스터 육입니다. 그동안 무고하셨습니까?"

─허얼, 자네 목소리를 잊을 뻔했네.

"죄송합니다."

─뭐, 바쁜 사람인 걸 아는데 뭘.

"목장 건설은 잘 진행되고 있습니까?"

─아직까지는 좋으이. 관할 관청에서도 협조를 많이 해 주고 있어 고무적이네.

"다행이군요. 설리번 씨와 매튜 씨도 잘 있고요?"

─설리번이야 왔다 갔다 하지. 지금은 본국에 있다네. 매튜는 제 사업을 한다고 역시 본국에 머물고 있지.

'훗! 어쩐지 연락이 없다 했어.'

떠버리 매튜가 한국에 있었다면 담용을 수시로 귀찮게 했을 텐데 천만다행이었다.

"슬레이프 씨는 지금 어디에 계신데요?"

─그냥 미첼이라고 부르라니까.

이름을 부른다는 것은 나이를 떠나 두 사람의 관계가 그만큼 친밀하고 격의가 없다는 의미였다.

상대방이 속내를 내보이는데 거절하는 것은 예의가 아니었다.

"그러죠. 미첼, 지금 어디세요?"

-처갓집에 있다네.

처갓집이라면 민혜영의 부모가 있는 부산이다.

"영암은 어떡하고요?"

-거긴 자네가 보내 준 두 사람이 잘하고 있는걸, 뭐.

"에? 안상수하고 최도출이에게 다 맡겼다고요?"

안상수와 최도출은 독사파였던 강인한의 부하로 각기 짱돌과 독빡으로 불렸던 아이들이다.

그들을 담용이 미첼의 영암목장에 취직시켰던 것이다.

거기에는 안상수가 서울대생으로 휴학 중이라는 것과 독빡이 재일 교포 출신으로 일어에 능숙하다는 것이 한몫했다.

-그러네. 미스터 안과 미스터 초이가 의외로 일을 잘하더군. 그래서 아예 맡겨 버리고 나는 가끔씩 들러 보곤 하지.

"하하핫, 애들이 똑똑하긴 할 겁니다."

-맞네. 특히 미스터 안의 재능이 범상치가 않더군. 그래서 총감독을 맡겼다네.

"그럴 겁니다. 사실 그 녀석이 명문대 재학 중이었다가 지금은 휴학을 한 상태거든요."

-얘기는 들었네. 미스터 초이도 일어를 잘해서 지금 일본

으로 출장을 보냈다네.

"출장요?"

—목장에 필요한 설비 시설이 많아 일단 한번 쭈욱 돌아보고 오라고 했지.

"아아, 근데 그 녀석이 거기에 대해 아는 게 없을 텐데요?"

—허허헛, 당연하지. 우리 회사 기술진과 같이 갔다네.

"하핫, 그러면 그렇지. 아무튼 애들을 아껴 주셔서 감사드립니다."

—내가 더 고맙지. 좋은 인재를 소개해 줬으니 키워야 하지 않겠나?

"감사합니다."

—그런 말 말게, 고마운 건 나니까. 근데 어쩐 일인가? 단순히 안부 전화는 아닌 것 같으이.

"아! 전화로 말씀드리기에는 좀 그래서 뵙고 말씀드렸으면 하는데요."

—허허헛, 오겠는가?

"당연히 가야지요."

—집사람이 좋아하겠군. 언제 오려나?

"시일이 촉박한 일이라서 지금 봬야 하니 곧장 가겠습니다."

—헐, 또 뭔 일이 생겼구먼. 이거 겁부터 나는걸.

"하하핫, 흉내만 내면 되는 일이니 안심하셔도 됩니다. 지금이⋯⋯."

담용이 시계를 보니 오후 4시 30분이다.

폴린 멕코이를 3시에 만났으니 어느새 1시간 30분이 흘렀다.

'젠장, 국정원 일만 아니었으면 여유 있게 해도 됐을 텐데⋯⋯.'

몸은 하난데 일은 많으니 마음만 바빴다.

"지금이 4시 30분이니 늦어도 8시 안에는 거기에 도착하겠네요."

-좋으이. 저녁 식사는 그때까지 미루도록 하지. 아, 잠시 기다리게. 집사람이 바꿔 달라는군.

"아, 예."

잠시 기다리자, 민혜영 특유의 듣기 좋은 사투리가 들려왔다.

-담용 씨?

"하핫, 오랜만이네요, 혜영 씨."

-네. 너무너무 반가버예. 잘 계셨지예?

"저야 잘 있죠. 혜영 씨는 어땠어요?"

-호호홋, 지는 지금 억수로 행복해예. 전부 담용 씨 덕분이라예.

"그건 아니죠. 혜영 씨가 처신을 잘하니까 행복하신 겁니다.”

  −그걸로 또 옥신각신하몬 시간만 잡아먹을 테니까예 퍼뜩 오기나 하이소.

  “옙! 근데 어디로 가야 합니까?”

  −그건 지가 문자로 보내 주끼예. 그라이 출발부터 하이소마.

  “알겠습니다.”

  탁.

  “경태야, 공항에 가야겠다.”

  “뭐? 공항?”

  “응, 같이 갔다가 네가 내 차를 몰고 와야겠다.”

  “야! 거기 갔다가 오려면 퇴근 시간이 지나잖아?”

  “어쭈, 일이 먼저지 퇴근이야 조금 늦으면 어때서 그래?”

  “아쒸, 나 무조건 정시에 퇴근해야 한다고!”

  “얼라? 갑자기 왜 그래? 우리야 원래 퇴근 시간이 정해져 있는 것도 아니잖아? 새삼스럽게…….”

  “아냐, 그게…….”

  안경태는 차마 한송이와 데이트가 있다는 말을 못 하고 버벅거렸다.

  “좌우간 시끄러우니까 입 닥쳐.”

  부우웅−!

  “어어? 야! 세워! 나, 내려야 해.”

"인마, 1차선에서 어떻게 내려 줘?"

"3차선으로 몰면 되잖아?"

"일없으니까 그만 나불대고 도착할 때까지 한숨 자 둬."

전혀 들을 생각을 하지 않고 일방적으로 독주하는 담용의 태도에 마침내 안경태가 폭발했다.

"야-! 나, 저녁에 데이트 약속이 있단 말이야!"

"으잉? 데. 데이트!"

"그래, 짜샤! 어떻게 만든 애인인데 네가 초를 쳐!"

"야야, 내가 그걸 알았어야지. 진즉에 얘기하지 그랬어."

"지랄하네. 못 간다고 얘기해도 막무가내였으면서……."

'쩝, 이거야…….'

담용은 모르고 한 일이었지만 괜히 미안했다.

그동안 '모태 솔로'를 면치 못하던 안경태의 연애 사업을 도와주지는 못할망정 깽판을 놓을 수는 없는 일이었다.

'뭐, 차야 공항 주차장에 주차해 두고 가면 되니까.'

담용이 정차할 만한 곳으로 차를 몰면서 말했다.

"미안하게 됐다. 택시 타고 갈래?"

"그래야지 별수 있냐?"

끼익.

"갔다 와서 보자."

"그래."

"인마, 어리바리하지 말고 화끈하게 대시해. 여자는 자고

로 남자가 주도권을 쥐고 화끈하게 밀어붙이는 걸 좋아한다
고. 알았어?"

"쳇! 내 걱정 말고 잘 다녀오기나 해."

탁!

부우우웅–!

김해공항에 도착한 담용이 그 즉시 택시를 타고 찾아간 곳
은 자갈치시장 입구였다.

'으흐…… 바다 냄새.'

사실은 생선 비린내가 더 많이 섞여 있었지만 첫 느낌은
그랬다.

'시간이……?'

시간을 확인해 보니 오후 8시 5분 전이다.

'휘유! 복잡하네.'

담용이 택시에 내려서 발을 떼기도 쉽지 않은 자갈치시장
의 풍경이었다.

평일임에도 네온사인은 휘황찬란했고, 거리는 오가는 사
람들로 인산인해다.

'헐, 말로만 듣던 자갈치시장이 이 정도였다니…….'

얼핏 기억에 떠오른 것은 자갈치시장이 동남아시아 최대

의 어시장이라는 점이었다.

더불어 부산 최대의 명물인 수협 자갈치공판장을 중심으로 해서 사방팔방으로 펼쳐진 노점들과 각종 상품들의 전시장이라는 것.

사실 낯선 곳이라 방향조차 감이 잡히질 않았다.

'이래서야 어떻게 찾나?'

휴대폰을 꺼내 다시 한 번 문자를 쳐다보았다.

−담용 씨^^

공항에 도착하면 택시를 타셔요. 그리고 기사님께 자갈치시장 입구에서 내려 달라고 하세요. 거기서 자갈치시장통으로 가지 마시고 차도로 나오셔요. 차도 건너편은 남포동인데, 거기 수협이 보일 겁니다. 건너지 마시고 수협 맞은편을 보시면 담소정이라는 횟집이 있어요. 거기로 오세요. 기다릴게요. 보고 싶어용♡♡♡.

'담소정?'

고개를 갸웃한 담용이 발걸음 뗐다.

'자갈치시장 통로가 아닌 도로가로 나와서 찾으라고?'

퍽, 퍽, 퍼퍽.

'어이쿠.'

눈을 현혹시키는 네온사인과 조금은 어색한 풍광 그리고 담소정이란 간판을 찾느라 잠시 정신을 빼앗긴 담용은 자신을 치고 나아가는 인파로 인해 당황했다.

'쩝, 촌놈이 따로 없구…… 엉?'

어리벙벙해하던 담용은 어느 순간 정신이 퍼뜩 들어 안주머니를 더듬었다.

'어라? 내 지갑.'

어이없게도 그새 소매치기를 당해 버린 담용이다.

'어째 이상타 했어.'

역시 소매치기들은 얼뜨기를 골라내는 촉이 타의 추종을 불허했다.

'너무 방심했나?'

곧바로 차크라를 일으켜 자신의 지갑에 각인된 기억을 추적했다.

사이코메트리 수법이다.

'저놈…….'

사이코메트리의 기운이 인파 속에서도 머리 하나 정도의 장신인 껑충한 사내에게 꽂혔다.

'하! 부산에서의 첫발이 소매치기의 밥이라니.'

어이가 없다고 여긴 담용은 곧장 눈을 떼지 않은 채, 빠른 걸음으로 뒤를 쫓았다.

'얼라리요?'

한 녀석이 아니라 두 녀석이 더 좌우로 붙어 있었다.

일행이 셋이라는 뜻.

하긴 소매치기 중에 '독고다이'로 행동하는 놈은 드물다. 있다면 조직에서 퇴출된 떨거지일 것이다.

'어쭈구리, 저 자식들 보게.'

아주 재미가 들린 듯 녀석의 두 손이 지나는 행인들의 품과 핸드백을 기막힌 속도로 오갔다.

좌우 두 녀석은 시시덕거리며 바람잡이 역할을 하고 있었다.

소매치기를 당한 사람은 담용처럼 아무것도 모르는지 제 갈 길을 가고 있었다.

'안 되겠어.'

피해자가 더 많아지기 전에 속히 조치를 취해야 했다.

조금은 거칠게 인파를 헤치며 나아간 담용이 번개같이 세 녀석의 뒤통수를 때렸다.

타타탁!

"컥!"

"억!"

별안간에 뒤통수를 얻어맞은 세 녀석이 힘없이 그 자리에 무릎을 꿇더니 바닥에 폭 고꾸라졌다.

그런데 이상한 것이 고통스러워한다거나 몸부림을 치는 등의 움직임이 전혀 없다.

마치 마약을 복용한 것처럼 혼몽해하는 표정이 꼭 아메바가 꿈틀거리는 것 같았다.

이는 담용이 차크라의 나디를 이용해 머릿속을 헤집어 놓았기 때문이었다.

달리 표현하면 가벼운 뇌진탕 현상이다.

별안간에 벌어진 사태에 행인들이 분분히 물러설 때, 담용이 소리쳤다.

"여러분–! 이 녀석들은 소매치기 일당입니다. 혹시 지갑이 없어지거나 가방 안에 물건이 없어진 분들이 계시면 이쪽으로 오십시오–!"

그렇게 소리를 질러 놓고 담용은 휴대폰으로 재빨리 112에 신고를 했다.

곧 경찰의 멘트가 흘러나왔다.

"여보세요! 여기 남포동 동사무소 건너편인데요. 소매치기 일당 세 명을 잡았으니 속히 경찰을 출동시켜 주세요! 신고자는 육담용. 전화번호는 011–○○○–○○○○입니다."

탁!

빠르게 제 할 말만 하고 통화를 끝냈을 때, 일단의 당황한 사람들이 몰려왔다.

"으앗! 내, 내 지갑!"

"저, 저도 지갑이 없어졌어요!"

"안 돼! 내, 내 돈! 돈이 없어졌어!"

남녀노소 몇 명이 달려오더니 담용을 포위하듯 둘러싸고는 흥분한 목소리를 냈다.

"진정하십시오. 방금 경찰에 신고했으니 곧 도착할 겁니다. 그때 자신의 물건을 확인하고 가져가도록 하시죠."

"니놈은 뭐꼬? 한패면서 아인 척한다꼬 우리가 모릴 쭐 아나?"

덥석!

억센 경상도 사투리로 앞뒤 가리지 않고 대뜸 담용의 멱살을 잡은 사내가 거칠게 밀고 들어왔다.

하지만 차크라를 운기한 담용은 꿈쩍도 하지 않았다.

이어서 사내의 손목을 가볍게 쥐더니 슬쩍 틀었다.

'이 녀석도 한 패거리로군.'

흥분한 감정선에 소매치기 일당임이 고스란히 느껴졌다.

담용이 괘씸죄를 물어 손아귀에 힘을 가했다.

"으아아악, 소매치기가 사람을 친다!"

필요 이상으로 악다구니를 토해 내며 발광을 하는 사내가 귀찮았던 담용이 뒤통수를 툭 쳐 버렸다.

"헉!"

헛바람을 내뱉은 사내 역시 빈 부대처럼 무너지듯 주저앉았다.

"저도 피해잡니다. 잠시만 기다리시면 경찰이 도착합니다. 그때 소매치기 당한 물건을 가지고 가도록 하십……."

삐익! 삐익.

흥분한 사람들을 달래는 담용의 말이 끝나기도 전에 호각 소리가 들려왔다.

'호오, 빠르네.'

경찰의 호각 소리에 쓰러진 소매치기들에게 달려들려던 피해자들이 주춤했다.

어느새 현장에 당도한 두 명의 경찰 중 한 사람이 말했다.

"신고한 분이 누굽니까?"

"접니다."

이파리 두 개인 순경이 묻자 담용이 나섰다. 이어 다른 이파리 네 개인 경사가 물었다.

"육담용 씨요?"

"예, 제가 육담용입니다."

"이놈들입니까?"

"예, 제 지갑을 빼 가기에……. 그리고 여기 계신 분들이 피해를 입은 분들이고요."

"아, 수고하셨습니다."

"어? 김 경장님, 이놈은 날칼인데예?"

무릎을 꿇고서 바닥에 뭉기적거리고 있는 사내들 중 꺽다리를 본 순경이 놀란 음성을 뱉어 냈다.

"뭐? 날칼이라꼬?"

"예, 이 꺽다리는 날칼, 나머지는 그 부하들이 틀림없심니더."

"하! 그렇게 잡으려고 했던 놈들이……. 일단 수갑부터 단단히 채워!"

"넵!"

경사가 자신의 허리에 찼던 수갑도 내주었다.

"육담용 씨, 인마들 와 이리 비실대는 깁니꺼?"

"아, 제가 뒤통수를 조금 세게 치는 바람에⋯⋯."

아마 뇌가 휘저어진 터라 한동안 정신이 비몽사몽할 것이다.

"혼자서 말임니꺼?"

"하핫, 뒤를 쫓다가 기습을 했지요."

툭!

담용이 모함하던 사내를 발로 차면서 말을 이었다.

"이 녀석은 제가 지 패거리를 잡자 나를 되레 소매치기로 몰아간 놈이고요."

"대단하십니더. 혼자서 네 명을 한꺼번에 때려눕히다니⋯⋯."

경사가 고개를 절레절레 흔들며 담용을 새삼스럽다는 듯 쳐다보았다.

"수배된 놈들입니까?"

"하모요. 이 새끼들 순 악질이다 아임니꺼. 아마 현상금도 만만치 않을 낍니더."

"하 경사님, 수갑 채웠심더."

"파출소로 데리고 가."

"옛! 일어나!"

뇌진탕의 여파가 아직 가시지 않았는지 여전히 비실대는 사내들은 각각 한쪽 팔목에 수갑이 채워져 있었다.

"이보쇼, 경찰 아저씨. 우리 지갑은?"

"제 돈 돌려주이소!"

"아아, 피해자분들은 같이 파출소를 가십시더. 거기서 물건을 돌려줄낌니더."

"아쒸, 저놈 뒷주머니에 튀어나온 지갑이 내 껀데, 파출소까지 갈 필요가 있능교?"

"그래도 그렇지 않습니더. 파출소에서 본인 것을 확인한 후에 돌려줄끼니까 잠시 같이 가입시더."

"아 놔."

"아이고야, 이걸 우짜노, 약속 시간이 다 됐는데…….'

"자 자, 그래도 우짭니꺼, 쎄기 가입시더."

피해들을 다독거린 하 경사가 담용을 쳐다보았다.

"육담용 씨도 같이 가 주실끼지요?"

"곤란합니다. 이놈들 때문에 안 그래도 늦었는데…….'

"그렇다고 해도 어쩔 수 없심더. 조서를 꾸미고 증인도 서주셔야 합니더. 그라고 현상금도 받아야지예."

"으음, 잠시 저놈들 품을 뒤져도 되겠습니까?"

"뭐, 그라이소."

하 경사가 소매치기들을 잡은 공로가 있어서인지 쾌히 허락했다.

꺽다리 날칼의 안주머니에서 자신의 지갑을 찾은 담용이 곧바로 신분증을 제시했다.

"확인해 보겠습니까?"

"아, 예."

담용이 제시한 플라스틱 신분증을 확인한 하 경사의 눈이 별안간 커졌다.

"구, 국정……."

"아, 말은 하지 마십시오."

"아, 예예."

담용이 국정원 요원임이 확인되자, 하 경사의 말투와 자세가 대번에 바뀌었다.

다시 한 번 신분증을 쳐다본 하 경사의 눈에 비친 내용은 이러했다.

여린 하늘색 바탕에 상부에는 증명사진이 부착되어 있었고, 좌측에는 이니셜인 'NIS', 그 아래는 이름 그리고 '상기 인물은 국정원 직원임을 확인함.'이라는 글귀가 쓰여 있었다.

사실 이때만 해도 국정원 감찰실에 요청만 하면 명함에 '수사관'이라는 표시를 할 수 있었다.

하지만 2009년도부터는 신분증이 단순한 출입증으로 바뀌었다.

이유는 국정원 원장의 지시에 의한 것으로, 밖에서 '비노출 활동'을 하라는 의미였다.

다만 필드 요원들은 출입증 외에 명함이 하나 더 있었다. 이름 석 자와 휴대전화 번호만 달랑 적힌 명함이 그것이다.

이때부터 국정원 명함은 건네받는 이를 묘하게 긴장시키는 효과가 있긴 했다.

각설하고.

하 경사는 지금까지 국정원 신분증도, 요원도 처음 본 터라 어떻게 처신해야 할지 몰라 전전긍긍했다.

담용이 국정원 신분증을 제시한 것은 번거로움을 피하기 위해서였다.

당황하는 표정이 역력한 하 경사에게 담용이 차분한 음성으로 입을 열었다.

"이따가 필요하면 출두를 할 테니, 지금은 바쁜 일이 있어서 볼일부터 봐야겠습니다. 양해를 바랍니다."

"아! 그, 그렇게 하십시오."

담용의 지극히 겸손한 태도에 오히려 하 경사가 더 당황해서 굽실거렸다.

"감사합니다. 아 참, 연락처가 필요할 테니 전화번호를 찍어 드리겠습니다."

"그, 그래 주시겠습니꺼?"

"당연한 겁니다."

하 경사가 건네주는 휴대폰에 자신의 휴대폰 번호를 찍어
준 담용이 물었다.

"혹시 담소정이라는 횟집을 아십니까?"

"담소정예?"

"예."

"거길 가던 중이었습니꺼?"

"하핫. 예."

"하하핫. 거기라면 바로 옆에 있지 않습니까? 저기 말입니
다."

"……!"

하경사가 가리키는 곳으로 시선을 돌리던 담용의 눈에 바
로 옆 건물에 '담소정'이라고 쓰인 간판이 들어왔다.

"이런! 바로 옆에 두고 찾았네요."

"원래 초행길은 그런 법이지예. 그라고 담소정이 생긴 지
얼마 안 돼서 더 그럴 거고예."

"아, 그래요?"

"개업한 지 3개월 정도 됐심니더."

관할구역이라서 사정을 잘 아는 듯했다.

"어서 가 보이소. 곧 연락을 드리도록 하겠심더."

"예, 그럼."

담소정에 들어서자, 물 냄새에 섞인 비릿한 내음이 물씬
풍겨 왔다.

담용이 둘러보니 1층 전체가 수족관에다 플라스틱 물통들
이 물기가 흥건한 바닥에 널려 있었다.

그렇다고 회 센터같이 넓지는 않았다. 아마도 개인이 운영
하는 전문 횟집인 듯한 분위기다.

언뜻 봐도 정갈한 느낌이었다.

"어서 오이소. 몇 분이시라예?"

노란색 앞치마에 위생 모자를 쓴 20대 여종업원이 다가와
담용을 맞이했다.

"아, 혼잔데 누굴 좀 만나러 왔습니다."

"그럼 2층으로 가시면 됩니더. 지를 따라오이소."

"고마워요."

'흠, 1층에서 횟감을 고르고 2층에서 먹는 구조로군.'

2층에 올라서는 순간, 여종업원이 뭐라고 하기도 전에 카
운터에 앉아 있던 민혜영이 반색을 하며 담용을 맞았다.

"옴마야! 담용 씨, 억수로 오랜만이네예."

"아, 혜영 씨."

"어머! 이모 손님이었어?"

깜짝 놀랐는지 여종원이 담용의 아래위를 훑었다.

"응, 아까 말했다 아이가. 그분이셔."

"아, 서울에서 오신다던 그분?"

"그래."

"우와! 억수로 멋쟁이시네예."

"야는 또 와 이카노? 눈 안 돌릴끼가?"

"히히힛, 멋지잖아. 딱 내 스타일이다 아이가."

"에그. 마, 꿈 깨셔. 임자가 있는 몸이시거든."

"어머! 이모야, 그 말 진짜가?"

"가시나가 이모 말도 못 믿나? 니도 눈이 있으몬 함 봐라. 척 봐도 가시나들이 그냥 놔두겠는가 말이다."

"칫! 김새 삐릿네."

"김칫국일랑은 그만 마시고 아까 숙성시켜 놓은 횟감으로 한 상 거하게 차리 온나."

"알따. 멀리서 오셨는데 이모 체면 안 상하게 하꾸마."

조카가 토라진 표정으로 홱 돌아서 계단을 내려가자, 민혜영이 담용의 팔을 잡고 끌었다.

"그이가 기다립니더. 저쪽으로 가입시더."

"아, 예. 근데 횟집을 직접 운영하시는 겁니까?"

"호호홋, 놀라셨지예?"

"예, 소리 소문도 없이 식당을……. 이거 그냥 오면 안 되는 것 아닙니까?"

"당연히 개업집에 오면서 그냥 오면 안 되지예. 근데 예외인 사람이 딱 한 사람 있는데, 그 사람이 담용 씹니더, 호호홋."

"이거 참⋯⋯."

쾌활하게 말한 민혜영이 담용을 격자무늬 칸막이로 안내하더니 코맹맹이 소리를 냈다.

"허니, 미스터 육이 왔어요."

당연히 한국어를 모르는 미첼에게 영어를 사용하는 민혜영이다.

"오우! 어서 모셔요."

담용이 쑥 들어서면서 인사말부터 꺼냈다.

"미첼, 잘 지내셨어요?"

"하하핫, 나야 아내 덕에 늘 천상을 거닐고 있다네."

"하핫, 그래 보이는군요."

미첼의 푸근한 말투와 편안해 보이는 인상처럼 정말 행복한 나날인 것 같았다.

"자 자, 그쪽으로 앉게나."

"감사합니다."

좌식 문화에 익숙하지 않은 미첼을 위해 설치했는지 자리는 바닥이 푹 꺼져 있는 입식 구조였다.

등받이 의자에 앉은 담용이 손을 내밀었다.

"얼굴이 좋아 보입니다."

"하핫, 모두 아내 덕분일세. 자네도 건강해 보이는 걸 보니 사업이 잘되는 것 같군."

"덕분에요. 미첼은 줄곧 부산에 있었습니까?"

"간혹 영암을 오가는 걸 제외하면 그런 셈이네."

"하하핫, 호주는 안 가고 아예 부산에 눌러앉으실 생각입니까?"

"마음 같아서는 그러고 싶네만, 사업체가 호주에 있으니 정리를 하기 전에야 그럴 수 있겠는가?"

"하긴 그렇죠. 근데 저번에 전화로 듣긴 했지만, 회도 먹을 줄 아세요?"

서양 사람들이 대개 로우 피쉬raw fish, 즉 날생선을 잘 먹지 않아 묻는 말이었다.

"모두 아내 덕분이지. 지금은 한국 사람 못지않게 즐긴다네. 그뿐만 아니네. 매운 것도 곧잘 먹는다네. 허허헛."

"하하핫, 그만하면 이제 귀화하셔도 되겠습니다."

"허헛. 귀화할 것까지야……. 저녁 식사 전일 테니 먼저 시장기나 면하고 얘기하세. 허니, 부탁해요."

"호호홋, 이미 준비 다 해 놨으니 음식이 곧 들어올 거예요. 잠시만 기다리세요."

민혜영이 나가고 소소한 얘기로 시간을 보낼 때, 음식이 들어왔다.

"담용 씨, 지금은 전어 철이라 아주 싱싱해예."

"어? 그 뭐냐…… 머리에 깨가 한 됫박이나 된다는 전어 말입니까?"

"호홋, 잘 아시네예."

"그냥 어쩌다 들은풍월인걸요."

"또 있어예. 전어 굽는 냄새에 집 나간 며느리도 돌아온다고 할 정도로 억수로 고소하다 아입니꺼."

"아, 그 말도 들어 본 적이 있습니다."

"생선회 좋아하셔예?"

"그럼요."

싱글벙글하는 담용의 대답에 민혜영이 조카가 들고 오는 회 접시를 받아 들고는 말했다.

"담용 씨, 이거는 세꼬시라 카는 긴데예. 광어 새끼하고 도다리 새끼를 뼈까지 총총 썬 거라예."

"아, 세꼬시라는 게 이건가요?"

"네."

"저는 오늘 처음 먹어 봅니다."

"잘됐네예. 잠시 세꼬시에 대해 설명해 드리면예. 원래 생선 마니아들이라면 이 세꼬시를 먼저 먹고 다른 회를 찾지예."

'후홋, 나는 완전 촌놈이네.'

사실 회를 먹을 기회가 그리 많지 않았던 담용이라 전어회든 '세꼬시'든 생소하기만 했다.

"세꼬시는 작은 물고기의 머리와 내장 같은 걸 먼저 제거

해야 되예. 그다음은 뼈를 안 발라내고 총총 썰어서 뼈째로 먹는 거라예. 새끼라서 뼈가 약하게 씹히는 거친 맛이 또 일품이다 아입니꺼."

"아!"

"지가 먹는 법을 알키 드릴게예. 먼저 세꼬시를 상추와 깻잎 위에 듬뿍 올리고예."

민혜영이 과하다 싶을 정도의 세꼬시를 듬뿍 올리고는 말을 이었다.

"다음은 여기 종지에 있는 쌈장 적당히 올리고예. 이 쌈장은 기름하고 마늘을 두른 막장에 파를 썰어 넣은 거라 엄청 맛있어예. 자, '아' 해 보이소."

"어? 제, 제가 먹을게요."

"호호홋, 너무 반가워서 첫 쌈은 지가 드리고 싶어서 그래예."

"이거 참……."

미첼을 흘깃 본 담용이 입을 크게 벌리자, 대번 입안이 한가득 찼다.

씹어 보니 민혜영의 말대로 식감이나 맛이 장난이 아니다.

활어의 쫄깃쫄깃한 살맛이 그대로 느껴졌다.

"와! 진짜 맛있네요!"

"호호홋, 이 기회에 실컷 맛보이소."

"하하핫, 그래야겠네요. 미첼, 안 드시고 뭐 하고 있어요?"

"나? 질투하고 있는 중일세."

"에?"

"아니, 내 허니가 다른 남정네에게 회를 싸서 먹이는데 어찌 질투가 안 나겠나?"

"어머! 허니, 손님을 접대한 거예요. 자, '아' 하세요."

"쿵! 아–!"

"아이구, 짓궂기는……."

흰자가 다 드러나도록 흘기며 쌈을 싼 회를 먹여 주는 민혜영이다.

우걱우걱.

"허허헛. 미스터 육, 내가 이 맛에 살고 있다네."

"하핫, 좋아 보입니다."

"그렇지? 내가 미스터 육을 잊지 못하는 게 늘그막에 이런 기분을 만끽하고 있어서라네."

그 말은 맞다. 담용이 중매쟁이 역할을 했으니까.

민혜영으로서는 담용이 생명의 은인이자 또한 오늘이 있게 한 법정대리인이기까지 했다.

고로 민혜영의 담용에 대한 마음은 남다를 수밖에 없어 오랜만의 만남은 평범한 기쁨을 이미 넘어서 있었다.

아무튼 그때부터 담용은 고소한 맛과 배고픔에 세꼬시와 전어회 그리고 전어무침과 전어구이의 폭풍 흡입에 들어갔다.

미첼 역시 평상시 그렇게 먹고도 질리지 않는지 담용 못지
않게 잘도 먹어 댔다.

그렇게 서로 반주를 곁들여 먹고 마시는 데 열중하는 가운
데 시간이 흘러갔다.

탁!

"후아! 배부르다."

"어? 더 먹지 그러나?"

"어이구, 여기서 더 먹었다간 배가 터져 버릴 겁니다."

"젊은 사람이 그 정도로 배가 터지겠나? 자, 한 잔 더 받
게."

"예."

쪼르르륵.

"미첼도 한 잔 더하세요."

"조오치."

미첼의 잔을 채운 담용이 민혜영의 잔에도 술을 따르려고
했다.

"아유, 전 조금만 주이소. 카운터를 봐야 되거든예."

"그래요. 반만 따를게요."

쪼로록.

"장사가 잘되나 봐요. 손님들이 계속해서 들어오네요."

"이제 오픈한 지 3개월 정도 됐는데, 아직은 괜찮은 편이

라예."

"자리도 자리지만 인테리어 장식만 봐도 돈이 제법 들어갔겠어요."

"전 잘 모르겠어요. 모두 미첼이 알아서 한걸요."

민혜영이 모두가 공감할 수 있도록 수시로 영어로 말하는 센스를 발휘한 덕분에 미첼이 흐뭇한 미소를 띠며 말했다.

"뭐, 우리 허니도 뭔가 할 일이 있어야 될 것 같아서 뭐 하고 싶으냐고 물었더니 횟집을 하고 싶어 하더군. 그래서 일을 저질렀다네."

"하하핫, 맞아요. 사람은 할 일이 있어야 신이 나는 법이죠. 미첼, 잘하셨어요."

"내가 생각해도 그래."

"두 분 얘기 나누세요. 저는 나갔다가 다시 올게요."

"예, 편하신 대로 하세요."

담용이 미첼에게 볼일이 있어서 온 걸 아는 민혜영이 눈치껏 자리를 피해 주었다.

"이제 먹을 만큼 먹었으니 본론에 들어가지. 그래 무슨 일때문에 나를 보자고 한 건가?"

"제가 부자 친구를 찾아온 이유가 뭐겠어요? 돈 문제를 상의하러 온 거지요."

"응? 뭔 돈?"

"사실은 잠시 흉내만 낼 자금이 필요합니다."

"흉내?"

"예, 10억 달러 값어치의 커머셜 빌딩을 노리는 괘씸한 외투사 하나가 있는데, 그걸 헐값에 사려고 해서 제지하려고 합니다. 그래서……."

담용은 미첼에게 파이낸싱스타와 HDI빌딩 경매 그리고 자신이 계획한 작전을 처음부터 끝까지 상세히 말해 주었다.

"헐!"

담용의 말을 듣고 난 미첼은 일의 내용보다는 다른 부분에서 더 놀라워했다.

다름이 아니라 어느새 눈앞의 젊은이가 10억 달러란 자금을 융통할 수 있을 정도로 성장했다는 것에 경악한 것이다.

미첼은 10억 달러가 누구의 돈인가는 중요하지 않다는 생각이었다.

돈의 주인이 따로 있다고 해도 그 돈을 좌지우지할 수 있는 위치에 올라선 담용이 더 대단해 보였던 것이다.

과연 그 누가 있어 10억 달러의 자금을 마음대로 운용하게 하고, 또 책임하에 거래를 맡길 수 있을까?

자신이라도 그렇게 대범할 자신이 없다.

'거참…… 처음부터 이렇게 되리라 예측은 했지만…….'

그런데 빨라도 너무 빨랐다. 아니, 상상도 하지 못할 정도로 빠른 성장이었다.

더구나 만난 지 1년도 채 안 된 상태다.

아마 세상천지 그 어디에도 유례를 찾아볼 수 없을 것 같다.

"자네…… 정말 대단하군그래."

"뭐, 미첼을 처음 만났을 때보다 조금 성장한 건 사실입니다. 하나 아직은 애송이일 뿐입니다."

"무슨 소리? 애송이라면 10억 달러란 자금을 운용하기는커녕 구경이나 할 수 있겠는가?"

"미첼, 제 돈이 아니라니까요."

"돈의 임자가 누군지는 중요하지 않아. 그걸 잡고 휘두르는 위치에 있다는 자체가 대단한 게지."

"왜 이러세요. 제가 아니라 센추리홀딩스라니까 그래요."

"뭐, 어떻든 간에……. 그래, 내가 뭘 도와주면 되겠는가?"

"경매에 참여할 수 있는 자격을 갖춰서 응찰해 주셨으면 합니다."

"흠, 나더러 경쟁자로 나서라?"

"예, 5억 달러가 들어 있는 예금통장만 있으면 됩니다. 응찰을 하고 안 하고는 마음대로 하셔도 상관없습니다."

"흠, 5억 달러 통장. 그것만 갖추면 경락 자격이 부여된단 말이지?"

"그렇지요. 가능하신지요?"

"실제로 쓸 것이 아니라면 어려울 게 뭔가? 단지 여기저기서 끌어모아야 해서 며칠 시간이 필요할 뿐이지."

"이번 주일 내로 준비할 수 있으면 됩니다. 구비 서류라 해 봐야 은행이 발급한 예탁금 증서 한 장이면 충분하니까요."

"그거야 어려울 것 없지. 알았네, 마침 자금을 받을 수 있는 한국 법인이 있으니, 거기로 이체시키면 되겠군. 이틀 내로 준비해서 보내 주겠네."

"에? 제게 준다고요?"

"그럼 누구에게 주나?"

"그래도……."

담용은 미첼이 주저하지 않고 5억 달러가 든 통장을 맡긴다는 말에 오히려 할 말을 잃어버렸다.

"설리번이 곁에 있는 것도 아니고, 그렇다고 집사람에게 맡길 수도 없지 않나?"

"그, 그게……. 미첼이 직접 경매에 참여해 주시면 안 될까요?"

"나더러 직접 참여하라고?"

"예, 저는 맡을 자신이 없습니다. 아니, 맡을 자신이 없다기보다 저에 대한 감시가 심해서 운신하기가 어렵다는 말이 맞겠군요."

담용이 대리로 나섰다간 계획했던 일이 전부 어그러질 수 있다는 얘기다.

"글쎄, 내가 직접 움직이는 건 별로 내키지 않는군."

"내키지 않더라도 해 주셔야 합니다. 왜냐면 미첼이 나타나면 놈들이 무지 헛갈려 할 테니까요."

그뿐이 아니다.

듬직한 풍채만으로도 보스의 기질을 풍기는 미첼은 누가 봐도 경계를 할 인물이다.

담용은 그런 미첼을 십분 이용하고 싶은 것이다.

그런데 좀체 엉덩이를 떼지 않으려고 하니 답답했다.

"흠, 예상하지 않았던 내가 난데없이 등장하게 되면 그렇겠지."

"그럼요. 낯선 재력가는 경계의 대상이고 나아가 낙찰가의 상승을 부추기는 기폭제가 될 테니까요."

"하지만 우리 허니가 싫어할 텐데……."

"에이, 길어야 하루 이틀일 텐데요."

민혜영을 핑계로 무거운 엉덩이를 뗄 생각은 않는 미첼을 담용은 끈덕지게 계속 채근해 댔다.

"흠, 그렇다고 해도 영 내키지 않는군."

정말 움직이고 싶지 않은지 그런 기색을 노골적으로 드러내고 있는 미첼이다.

'하! 이 양반, 혜영 씨가 곁에 없으면 꼼짝도 하지 않으려고 하는구나.'

뒤늦게 찾은 행복을 깨고 싶지 않은 마음이야 이해한다.

그리고 자신에게 스스럼없이 말할 정도라면 격의가 없다는 뜻임을 모르지도 않는다.

담용은 그런 미첼의 마음을 읽고 새로운 제안을 내놨다.

"그럼 혜영 씨와 같이 오랜만에 서울 나들이를 하는 건 어떻습니까? 아, 물론 영업에 지장이 있어서는 안 되겠지만요."

"허니가 가려고 할까?"

때마침 민혜영이 쟁반에 받쳐 든 채 들어왔다.

"허니, 뭔 이바구를 그리 심각하게 해예? 심각한 이바구라도 식혜나 들면서 하이소."

"아, 혜영 씨, 저를 좀 도와주십시오."

"네? 지가 도울 일이 있어예? 그기 뭔데예?"

"다른 게 아니고요. 미첼과 같이 서울 나들이를 한번 해 달라고요."

"어머머! 그거 좋지예. 안 그래도 친구들이 보고 싶었거든예."

"어? 서울에 친구가 있어요?"

"아, 그때 잠시 알았던 친굽니더."

"아아."

담용은 바로 이해했다.

서울에 친구가 있을 리 없는 그녀다. 단지 곤란을 당하기 전에 잠시 인연이 있었던 여자들과 아직도 연락을 하고 지내는 것으로 이해했다.

"근데 언제 가야 됩니꺼?"

"진짜 갈 수 있습니까?"

"하모예."

"여기는 어쩌고요."

"수민이한테 맡겨 좋으면 되예."

"수민이요?"

"아, 아까 담용 씨한테 뿅 간 아 말입니더."

"아아, 그럼 기왕에 도와주시는 거 이달 24일, 25일 양일간 서울로 와 주시면 좋겠어요."

"와예, 그날이 중요한 날입니꺼?"

"예, 제게는 무지하게 중요한 날입니다. 꼭 와 주셔야 합니다."

"무신 소리하능교? 담용 씨 일이라몬 당연히 열일 제끼 놓고라도 가야지예. 허니, 우리 그때 가요, 네?"

"크험험, 허니가 원하면 가야지."

'헐!'

헛기침으로 지금까지 있었던 담용과의 대화를 싹 날려 버리고 민혜영에게는 일언반구 없이 대뜸 응해 주는 미첼의 모습에 담용은 잠시나마 정신을 외출시켰다가 다시 되돌렸다.

"아이, 왜 그리 심통하게 말해요? 가기 싫으세요? 나, 친구가 보고 싶다고요."

"어? 누가 뭐랬소? 가자고. 허니가 가고 싶다면 내가 데리고 가야지. 안 그렇소?"

"호호홋, 허니, 고마워요. 그리고 미스터 육을 꼭 좀 도와 주세요. 아셨죠?"

"나도 허니만큼 미스터 육을 좋아하고 있소. 당연히 도와 줄 거요."

"아이, 고마워요, 허니."

쪽쪽쪽.

한껏 애교를 떨며 미첼을 덥석 안은 민혜영이 키스 세례를 퍼부었다.

그때 수민이란 아가씨가 그 꼴을 보고는 핀잔을 주었다.

"하이고-! 눈꼴시러버라."

"어머! 와, 왔나?"

"이모는 손님도 있는데 남사스럽구로 그기 뭐 하는 짓이고?"

"가스나가 말버릇이 그기 뭐꼬? 그래, 무신 일이고?"

"몰라, 경찰에서 육담용 씨를 찾아왔다카네."

"경찰?"

"응, 하 경사 아저씨 말이다."

"파출소 하 경사 말이가?"

"하 경사가 그 사람밖에 더 있나? 근데 육담용 씨가 누고? 혹시 멋쟁이씨 아인교?"

"담용 씨, 뭐 잘몬한 거 있어예?"

"아뇨. 잠시 들어오라고 해도 되겠습니까?"

"하모예. 수민아, 이리로 모시고 온나."

"알았어."

수민이가 나가고 곧 하 경사가 들어왔다. 근데 행동이 무지 조심스러워하는 기색이었다.

"하 경사님, 거기 앉으세요."

"예."

"전화를 하시지 않고 직접 오셨네요."

"감히 그럴 수가 없어서요."

"저녁은 드셨습니까?"

"예, 조금 전에 묵었심더."

"여태 퇴근도 못 하시고 고생이 많으십니다."

"오늘 당직이라 퇴근 몬 합니더."

"하면 술도 한잔 못 하겠네요."

"아이구, 근무 중에 술은 절대 안 됩니더."

"아쉽네요. 당직이라면 밤을 새워야겠군요."

"예. 저기…… 여기 사인을 좀 부탁합니더."

하 경사가 봉투에서 꺼낸 서류 하나를 내밀었다.

"제가 임의로 조서를 꾸며 봤심더. 대충 정황이 그럴 것 같아서 꾸미긴 했는데, 마음에 드실지 모르겠심니더."

"괜한 수고를 끼쳤네요."

담용이 조서의 내용을 보니 소매치기를 어떻게 잡았는지, 또 피해자인 증인들과의 관계 등이 간략하게 적혀 있는 문서였다.

하기야 범죄자가 아닌 증인에 대한 조서라 작성할 내용도 별로 없긴 했다.

스스슥.

사인을 끝낸 담용이 다시 건네주며 물었다.

"놈들은 경찰서로 넘겼습니까?"

"예. 현행범에다 수배 중인 놈들이라 곧바로 이송했심더. 그라고 현상금 말인데요. 그것이 저……."

하 경사가 미첼과 민혜영의 눈치를 보더니 말을 얼버무렸다.

"두 분은 남이 아니니 어려워하지 마시고 말씀하세요."

"그러시다면야…… 현상금 대상이 되질 않으셔서요."

"아아, 그거야 당연히 해당 사항이 없지요. 이해합니다."

수사 계통의 한 축인 국정원 공무원이어서다.

즉, 당연히 할 일을 한 셈이었고, 이런 경우 현상금 대신 인사 고과에 반영하는 것으로 대체하는 것이 원칙이다.

"이해를 해 주시니 감사합니다. 근데 한 가지 양해를 해 주실 일이 있는데 말씀드려도 될는지요."

"뭡니까?"

"서장님께서 서로 들어와서 보고하라고 하시기에 제가 사실대로 말씀드렸더니 혹시나 해서 위에다 확인을 해 본 모양입니다."

'훗! 신분 사칭을 의심한 거로군.'

뭐, 신분 사칭이야 가끔 있는 일이니 언짢아할 일은 아니다.

실지로도 심심찮게 그런 사람들이 없지 않아 있어 왔고, 또 의심스러워한다고 해서 딱히 마음 상해할 일도 아니었다.

그래도 여느 사람 같았으면 기분이 나빴을 것이다.

'후후훗, 조 차장님이 방방 떴겠군.'

서장이란 사람이 국내 파트에 문의를 했을 테니 안 봐도 비디오다.

"그래서요?"

"확인을 하고 난 후에 서장님께서 후회를 하시고는 제게 만나거든 잘 좀 말해 달라꼬 하시더라꼬예."

"그 외에 다른 말은 없었고요?"

"……예."

별다른 말은 더 없었지만 하 경사는 서장의 표정을 보고 눈앞의 상대가 엄청난 신분임을 이미 눈치채고 있었다. 그래서 들어올 때부터 지금까지 여간 조심하는 것이 아니었다.

"서장님께 전하십시오. 제가 아무렇지도 않게 생각하더라고요."

사실 담용이라도 기분이 좀 상할 수도 있는 일이었다.

바인더북

이유는 당사자가 눈앞에 있음을 알면서도 직접 확인하지 않고 뒷구멍을 팠으니 말이다.

담용은 그런 일로 침소봉대할 만큼 마음이 좁지도 않았고, 신분을 이용해 호가호위할 생각도 애초에 없었기에 대범하게 넘겨 버렸다.

그렇다고 해도 그냥 넘기기보다는 뭐라도 하나 얻고 싶은 마음에 은근한 어조로 말했다.

"관할서가 어디죠?"

"중부경찰서입니더."

"그럼 서장님께 여기 담소정을 잘 부탁드린다고 전해 주십시오. 제가 그걸로 퉁 치겠다고 말입니다, 하하핫."

"알겠심더. 분명히 그렇게 전할 낍니다. 근데 담소정과는 어떻게 되는 사입니꺼?"

"아, 여기 주인이 제 친척 누이뻘 되는 사람입니다. 친척들 중에 특히 친한 편이지요."

친척도 친척 나름이란 소리.

"그러니 하 경사님께서도 신경을 많이 써 주시기 바랍니다."

"하모요. 제가 담소정 바로 앞 파출소에 있으니 수시로 와 보겠심더. 그라이 걱정 마시이소."

"부탁합니다."

"아이고 마, 염려 마시라니까예."

"이 근처에도 뒷골목 조직이 있겠지요?"

"그야 뭐……."

명쾌하게 대답을 못 하고 우물쭈물하는 것을 보니 존재하고 있음을 스스로 인정하는 모양새다.

하기야 부산의 최대 명물인 자갈치시장에다 부산의 명동이라 불리는 남포동에 폭력 조직이 없다면 그것이 더 이상한 일일 것이다.

"서장님께 말씀드려서 그놈들이 담소정에 얼씬도 못 하게 해 주십시오."

"알겠심더. 꼭 그렇게 전하겠심더."

당연히 가능한 일이라 하 경사의 대답에 힘이 실려 있었다.

제아무리 조폭들이 난다 긴다 해도 공권력이 집중 견제하면서 서슬 퍼렇게 나온다면 운신이 어렵다. 즉, 일도 아닌 것이다.

"그럼 저는 이만……."

"예, 멀리 안 나갑니다."

"아이고, 천만의 말씀을……."

하 경사가 방아깨비처럼 머리를 숙여 보이며 자리를 뜨자마자 민혜영이 물었다.

"담용 씨, 저 사람이 와 저리 저자세로 나오는데예? 안 본 새에 무슨 큰 벼슬이라도 했심니꺼?"

당연히 했다. 국정원 특급 비밀 요원이자 OP 요원 그리고 코드네임 제로벡터인 블랙요원.

　그런데 이걸 어찌 밝힐 수 있을까?

　"하하핫, 별것 아닙니다."

　"벨끼 아니기는예. 하 경사가 경찰서장님까지 들먹이면서 조바심을 내는 건 또 뭔 이유라예?"

　"혜영 씨, 거기에 대해서는 저도 말 못할 곡절이 있으니 이해해 주십시오. 다만 한 가지 약속드릴 수 있는 건, 어떠한 일이 있더라도 담소정이 해코지당하는 일은 없을 거란 겁니다."

　"첨부터 쭈욱 들어서 눈치를 쪼깨 채긴 했지만 담용 씨가 그렇게 끗발이 세다니 지는 놀랍기만 하네예."

　"하하핫, 그동안 그럴 일이 좀 있었습니다. 이제 그만 올라가 봐야겠습니다."

　"예? 지금 올라갈라꼬예?"

　"예, 늦더라도 올라가야 합니다."

　"아이고메, 뱅기도 없고 버스도 없어예."

　"어? 벌써 끊어졌어요?"

　"하모예, 시간이 몇 신데예. 오늘은 여서 자고 내일 일찍 올라가이소."

　"제가 그 생각을 못 했네요. 그냥 내려오기 바빠서…… 하핫."

"이왕에 이렇게 된 거 미쳴이랑 좀 더 즐기면 되지예. 주무실 방은 제가 호텔을 예약해 드릴끼니까예. 그라이 그냥 마음 푹 놓고 계시이소."

"알겠습니다. 이거 번거롭게 해 드려서……."

"담용 씨가 오데 남인가예. 그런 말씸 마이소. 쪼매만 기다리이소. 제가 술상을 다시 봐 오끼예."

"아, 예."

'하이고오, 큰일 났다.'

담용에게 큰일은 사전에 허락을 받지 않고 외박하는 일이었다.

'쩝, 전화부터 해야겠군.'

그에게 가장 무서운 적은 바로 여동생들과 정인이었다.

아, 이제 고모, 육선여도 가세해 있는 터라 인원이 더 늘어났다.

저승의 신, 플루토

강남구 역삼동 파이낸싱스타 사무실.

여느 날과 다름없이 심복인 호건과 마이클을 불러 구수회의를 하고 있는 체프먼이다.

파락. 파라락.

한동안 서류를 거칠게 넘겨 가며 대충 훑은 체프먼이 입을 뗐다.

"아직은 아무도 없다 이거지?"

"응. 하지만 문제가 없지 않아."

호건이 서류 한 장을 체프먼 앞으로 내밀었다.

"뭐야, 이건?"

"일단 보고 얘기해. 그동안 조사한 내용이니까."

"……?"

달랑 한 장의 서류였지만 내용을 확인한 체프먼의 얼굴이 차츰 일그러졌다.

"이게 다 뭐야?"

"뭐긴, 약발이 안 먹히고 있는 회사들이지."

"싱가폴투자청, 골드앤뱅크, 쿠시먼, 리먼브러더스. 레플리, 모건스탠리…… 뭐가 이렇게 많아?"

"HDI빌딩이 그만큼 매력이 있다는 뜻이야."

"이것들이! 우리와 싸워 보자 이거야?"

"일단은 그럴 생각인 것 같아."

"확정된 건 아니고?"

"대세는 참여하는 걸로 결정한 것 같고, 당일에 가서 어떻게 할지는 아직 미지수야."

"약은 새끼들. 약을 더 쳐 달라는 소리잖아?"

"꼭 그런 것만도 아닌 것이, 아직 만날 때가 아니라고만 했어."

"하면?"

"경매에 참여할 수도 있다는 얘기지. 사실 캠코가 내놓은 물건 중에 가장 메리트 있잖아? 참여하겠다는 시위만 해도 떨어질 콩고물이 많다는 걸 모를 리가 없지."

"흥, 그러면 서로 죽자는 거지. 이들 중에 가장 껄끄러운 곳이 어디일 것 같아?"

"싱가폴투자청과 모건스탠리 그리고 리먼브러더스야. 거기에 레플리가 변수일 수도 있고."

"박쥐 같은 자식들. 센추리홀딩스는 어때?"

"거긴 잠잠해."

"훗! 효과가 있는 건가?"

"내 생각도 그래. 사람이 죽었으니 주춤하지 않으면 그게 더 이상하지."

"거기 새로 들어온 놈이 있다며?"

"그놈은 지 보스의 따까리 노릇하기도 바쁘더라고."

"하긴 거액의 경매란 게 쉬운 일은 아니지. 더구나 6억 달러에 가까운 옥션이라면 자금부터 쫄릴 테고."

"보유하고 있는 자금을 확인하기는 어렵지만 대충 예상하기로는 맥시멈 3억 달러야. 그러니 론을 일으킨다고 하더라도 무리가 있다고 봐. 뭐, 합작 투자를 할 여지는 있지만, 코리아의 경제 여건으로는 그마저도 쉽지 않다고 여겨져."

"그래도 방심해서는 곤란하니 계속 지켜보도록 해. 우릴 엿 먹인 유일한 놈들이니까."

"그건 걱정하지 마. 다섯 명이나 박아 놓고 감시하고 있으니까."

"그 외에 다른 곳의 기미는 없나?"

"지금까지는 없어. 하지만 아직 시일이 남았으니 계속 주시해 봐야 해, 난데없이 툭 튀어나오는 놈들이 있을지 몰라서 말이야."

"그래, 먹잇감이 다른 것과 달라서 캠코에서도 코리아에 진출하지 않은 외투사들에 서신을 보냈을 수도 있어."

"맞는 말이야. 캠코에서도 경매 참가자가 많으면 많을수록 좋다는 걸 모를 리가 없겠지."

"좋아, 그 문제는 경매가 끝날 때까지 호건이 전적으로 맡아서 관리해."

"알았어."

"여기 적힌 놈들도 계속 접촉해 봐."

"그러지."

"마이클, 얼마나 될 것 같아?"

"HDI빌딩의 현재 낙찰 추정가는 우리가 이미 예상한 대로 5억 7천7백만 달러라는 것은 변함이 없어. 하지만 변수를 감안하지 않을 수 없는 것이 낙찰가라고 보면 맥시멈 7억 5천만 달러까지 치솟을 수 있다는 계산이 나왔어."

"뭐어! 7억 5천만 달러라고?"

"응."

"이유가 뭐야? 아 아, 간단히 말해 봐. 이따가 서류를 보면 되니까."

"그러지. 방금 호건이 말한 것처럼 먹잇감을 노리는 놈들이 많아질 것이란 게 가격 상승의 주 요인이야."

"그렇다고 해도 7억 5천만 달러라는 건 너무한 거 아냐?"

"보스, 파리 떼가 꼬이는 데는 그만한 이유가 있어. 첫째는 경매 물건이 첨단 공법으로 건축된 신축 건물이라는 점. 둘째는 향후 랜드마크가 될 빌딩임과 동시에 또 그만큼 광고에 유리할 것이라는 점. 셋째는 수익성이 13퍼센트에 육박한다는 점. 넷째는 주변 여건의 첨단화로 매입 후 건물 가격이 가파르게 상승할 것이라는 점. 다섯째는 외벽으로 기둥을 둘러싼 공법이라 각종 국제 행사 유치에 유리할 것이라 점. 그 밖에도 많지만 더 이상은 서류를 보면 알 것이니 생략하지. 고로 결론은 파리 떼가 꼬이지 않을 수 없다는 거야."

"외투사라면 빤히 다 아는 얘기를 가지고 왜 그리 말이 많은 건데?"

"낙찰가가 오를 것이라는 구체적인 증거보다 중요한 것은 없어. 두고두고 곱씹어서 적정한 낙찰가를 산정하는 것이야말로 경매의 꽃이니까."

"좋아, 그렇다 치고. 꼭 그 금액이어야 하나?"

"맥시멈으로 산정을 했지만 그 금액도 어쩐지 불안하다는 생각이야."

"헐."

애초 5억 7천7백만 달러로 예상했던 낙찰가에 2억 달러 가까이 추가해도 불안하다는 말에 체프먼이 멍하니 마이클을 쳐다보았다.

"이봐, 마이클, 투자를 해서 먹을 게 없다면 아예 포기하는 건 어때?"

"그러기에는 리세일 금액과의 갭이 너무 커."

"그건 나도 알아. 리세일 금액이 1조 2천억 달러라면 8억 달러를 투자한다고 해도 아깝지 않아. 그 이유가 여느 물건과는 달리 손을 볼 곳이 없어 추가 비용이 들지 않는 데 있다는 것도. 하지만 말이야, 언더머니를 생각하면…… 번쩍인다고 다 금은 아니라는 걸 알아야 해."

말인즉 빛 좋은 개살구가 될 수 있다는 얘기다.

"알고 있어. 그래서 경락 날짜까지 보다 더 면밀한 검토가 있어야 할 것 같아서 계속해서 연구하고 있는 중이야."

"흠, 우리 한국 지부가 여태껏 실수만 해 왔다는 걸 알 거야. 더 이상 실수하게 되면 이사회보다 먼저 아버지가 참지 않을 게 빤해. 이 말은 우린 손 털고 떠나야 할 거란 말이지. 그러니 둘 다 명심해."

"……."

"이번 HDI빌딩은 무조건 낙찰을 받기로 한다. 뭐, 계속 연구하고 있다고 하니 낙찰가는 당일에 임박해서 최종적으로 결정하도록 하지. 단, 기준은 맥시멈 8억 달러다. 더 이상은 안 돼. 알았어?"

'엉? 8억 달러라고?'

체프먼의 말에 호건과 마이클이 의외라는 듯 눈이 있는 대로 커졌다.

그도 그럴 것이 8억 달러면 리세일을 할 경우 2억 몇천만 달러가 남는다.

물론 세금을 감안한다고 하더라도 충분히 남는 장사다.

"보스, 그 금액이면 무조건 낙찰이라고 보면 돼. 걱정할 것 없다고."

"훗. 대신 언더머니는 없다."

"아!"

"그, 그래. 그 금액이면 굳이 다른 외투사들과 줄다리기를 할 필요가 없지."

"그래. 이번만큼은 한 방 제대로 쏘는 거야. 쏘긴 쏘되 가능하면 좀 아껴 보자고. 그러니 기준을 거기에 근거해서 금액을 산정해 봐."

"아, 알았어."

"좋아."

우웅. 우우웅.

스스로 만족했던지 체프먼이 입가에 옅은 미소를 띨 때, 테이블 위에 놓인 휴대폰이 진동을 해 대며 스르르 미끄러졌다.

"이제 나가 봐."

"그래."

호건과 마이클이 자리에서 일어서는 것은 본 체프먼이 폴더를 열었다.

"체프먼입니다."

-체프먼, 잘 지냈나?

"어? 고든 아저씨?"

-그래, 날세.

"우오오-! 아저씨가 제게 전화를 다 하다니…… 오늘 거기 서쪽에서 해가 떴나 봐요."

-서쪽에서 떴다면 내가 살아 있겠나?

"아무튼요. 근데 어쩐 일이세요?"

-내가 자네에게 볼일이 있어서 연락을 한 건 아닐세.

"그럼요?"

-전화를 바꿔 줄 테니 대화를 해 보게.

"누구죠?"

-타일러와 관계된 쪽이라는 것만 아네.

"타, 타일러요?"

-그래, 자네가 타일러를 초청한 후에 소식이 없다는군. 뭔 일이 있나?

"그, 그게, 저도 소식을 몰라서…… 귀국한 걸로 아는데요?"

-암튼 대화를 해 보게. 건강하고.

"……예."

잠시 통화가 끊어지는 사이 체프먼은 갑자기 가슴이 쿵닥거리기 시작했다.

그야말로 심장이 '쿵' 하고 떨어지는 기분이었다.

'씨불. 필시 사고가 생긴 것 같은데…… 나더러 어쩌라고?'

속마음은 죽었을 것으로 짐작이 갔지만 아직 확인된 게 아무것도 없다. 코리아의 경찰도 아직 수사를 계속하고 있는 중이니 말이다.

－여보시오.

상대를 움찔거리게 하는 굵직한 저음이 휴대폰 너머서 들려왔다.

"아, 체프먼이오. 누구시오?"

－그건 알 것 없고. 타일러는 어디 있나?

"나도 모르오."

－그 말, 책임질 수 있나?

"모르는 걸 모른다고 하지 알면서 말 안 하겠소?"

－흥! 책임지겠다는 말로 듣지.

"이봐! 당신 누구야? 왜 이리 건방지게 구는 거냐고?"

－후훗, 자네 아버지를 믿고 큰소리치는 거라면 삼가는 게 좋을 거야. 우린 서로 거래하는 관계일 뿐 아무런 사이도 아니니까.

"그럼 플루토Pluto(저승의 신)?"

－그에 관한 대답은 잠시 미루도록 하지. 곧 보자고.

찌익.

"이 새끼가!"

제 할 말만 하고 끊어 버리는 행태에 체프먼이 인상을 확 구겼다.

하지만 그것도 잠시 우려와 고민의 기색이 자리를 대신하는 것은 금세였다.

"아쒸. 놈이 플루토라면 어쩌지?"

이름만 떠올려도 절로 등허리에 식은땀이 나게 하는 무시무시한 단체가 플루토다.

체프먼도 업계에 뜨르르한 이름만 들었지 실체가 뭔지는 모른다.

다만 저승사자도 찜 쪄 먹는, 죽음의 그림자라는 킬러들의 단체라는 것이 그가 아는 것의 전부였다.

한 가지 더 있다면 풍문으로 들은 확실치 않은 정보 정도다.

그것은 플루토가 유력 정치인들, 유수의 기업들과 악어와 악어새와의 관계라는 점이었다.

갑자기 오한이 들자, 체프먼이 고함을 빽 질렀다.

"타일러, 이 자식! 대체 어디 처박혀 있는 거야!"

쾅-!

"귀국하지 않았다면 연락이라도 해 줘야 할 것 아냐! 연락할 수 없으면 소식이라도 주든지! 이 빌어먹을 놈아-!"

덜컥!

"보스, 무, 무슨 일이야?"

"호건! 타일러 자식 어딨어?"

"연락이 없는데 난들 어떻게 알아? 근데 여태 가만히 있다가 타일러는 갑자기 왜 찾는 건데?"

"씨파, 거기서 오겠다고 하니 그러지."

"뭐? 프, 플루토?"

"그래. 내게 책임을 묻겠다는 거야."

"책임? 뭔 책임?"

"이놈이 귀국을 하지 않으니까 나더러 찾아내든지 아니면 그에 대한 책임을 지라잖아!"

"이런! 그래서 뭐라고 했는데?"

"모른다고 했더니 그냥 끊어 버렸어."

"젠장, 언제 온대?"

"몰라. 곧이라고만 하고 끊었어."

"빌어먹을. 보스, 책임을 묻겠다는 말이 뭔 뜻인지 알지?"

"알아. 그러니 그 자식을 찾아내든지 안 되면 빨리 다른 대책을 세워야 돼."

"타일러가 연락을 해 오기 전에 찾는 건 어렵다고 봐. 차라리 대책을 세우는 게 빨라."

"어떻게?"

"으음, 고민을 해 봐야지."

호건도 뜬금없이 벌어진 일에 당장 뾰족한 수가 나지 않아 맹렬히 머리를 굴렸다.

'이건 피한다고 해서 해결될 일이 아니야.'

그랬다가는 평생을 숨어 다니면 살아야 할지도 모른다.

'젠장 할. 골치 아프군.'

기실 별로 잘못한 것도 없다. 단순히 타일러를 초청해서 센추리홀딩스를 손봐 달라고 한 것이 전부다.

그런데 이런 사실을 그대로 믿어 줄지가 의문인 것이 문제다.

'그래, 이럴 때는…….'

고민을 끝낸 호건이 담배만 뻑뻑 피워 대는 체프먼에게 다가갔다.

"보스, 피하지 말고 당당하게 맞서는 게 낫겠어."

"나도 그 생각을 했어. 근데 내 말을 믿어 줄 것 같아?"

"그래도 사실대로 가는 게 정답이야. 사실 우리가 잘못한 게 없잖아?"

"그걸 누가 몰라? 저쪽이 이쪽을 신뢰하지 않는 게 문제지."

"그들이 단순한 조직이 아니라면 타일러에 대한 단서를 잡을 수도 있다는 생각이야. 그러니 진정하고 차분히 기다리자고. 설마 말도 들어 보기 전에 사람을 해치거나 하진 않을 것 아냐?"

"그야……. 아무튼 알았으니까 나가 봐, 혼자 있고 싶으니까."

"그러지."

원래 싸움꾼이었어?

여의도백화점 지하 식당.

우걱우걱.

"와! 이거 자꾸 먹을수록 맛있어지네요?"

부추비빔밥을 볼이 빵빵하도록 한 입 가득 넣고는 씹어 대던 담용이 엄지손가락을 척 올렸다.

"인석아, 그걸 이제 알았어? 근데 왜 바쁜 우리를 부른 이유는 말하지 않고 뜸만 들이고 있는 건데?"

"나는 또 왜 보자고 했냐?"

주경연 회장과 황금왕이라 불리는 고상도 회장이 부추비빔밥을 비비지도 않은 채 능청스럽게 먹어 대고 있는 담용을 채근했다.

"나 참, 두 분과 같이 부추비빔밥을 먹고 싶어서 왔다니까요."

"흥, 퍽이나."

담용이 그렇게 말했어도 믿기지 않는지 주경연 회장은 불안한 눈빛으로 콧방귀만 뀌어 댔다.

"두 분 안 드실 겁니까? 지금 안 먹으면 평생 못 찾아 먹을 텐데요."

"흥, 네 녀석을 보니 입맛이 싹 가셨다."

"히히힛, 손녀 때문이라면 너무 걱정하지 말라니까요. 제가 아직 수련하는 게 덜 끝나서 그러니, 조금만 더 참으시면 돼요."

"그 문제는 네 녀석이 어련히 알아서 할까. 그건 걱정 안 해."

"그게 아니면 왜 식사를 안 하시는데요?"

"크흠, 난 할 일을 다 했다."

"에? 뭔 일을요?"

"회사 일은 아예 마 회장에게 맡겼고, 25일에 있을 경매 건은 어차피 우리 두 사람은 들러리일 테니, 네 녀석이 맡을 게 빤하잖아? 그리고 난 네게 줄 용역비도 다 줬다. 또 뭐가 남아서 온 거냐고?"

"하이고 제가 무슨 빚 받으러 다니는 사람입니까? 왜 돈하고만 연결시키세요?"

"어? 그럼 이번에 돈 얘기를 하러 온 게 아니란 말이지? 그런 거야?"

"에헤헤헷."

"이그, 징그럽다, 인석아."

"간살스럽게 웃는 걸 보니 돈 얘기하러 온 게 맞구먼."

"에이, 고 회장님도…… 간살스러운 웃음이라니요? 아, 애교도 몰라요? 애교!"

"푸헐, 여자도 아닌 시커먼 사내자식이 애교는 무슨?"

"쳇! 어서 식사나 하세요. 나 무척 바쁜 사람이라고요."

"바쁘면 빨리 가든지. 우린 천천히 탁배기나 한잔하면서 이바구나 할 텡게."

"맞아, 우리 뒷방 늙은이들이야 탁배기 한잔 하면서 농 짓거리나 하는 게 제격이지. 넌 빨리 먹고 가거라."

"아놔, 정말 이럴 거예요?"

"그럼 어떡하라고?"

"부추비빔밥 먹고 싶어 왔다며?"

"씨이, 제가 뭐 혼자 먹고 싶댔어요? 같이 먹으러 왔지."

"좋다, 우리가 밥을 먹으면 넌 바로 갈 거지?"

"약속해, 그럼 먹을 테니까."

'아니, 왜 이리 삐딱하게 나오시지? 내가 뭘 잘못한 게 있나?'

"고 아우, 먹자고. 우리가 밥을 먹으면 간대잖아?"

"그래요, 형님. 안 그래도 좀 출출하네요."

두 사람은 무슨 꿍짝이었는지 그제야 밥을 비비기 시작했다.

"근데 형님."

"응?"

"전번에 말씀하시던 얘기 그거…… 해결됐어요?"

"전번에 무슨 얘기?"

"아, 그 왜 이상한 녀석들이 형님을 만나고 싶다고 줄창 쫓아다닌다고 귀찮아하셨잖습니까?"

"아 아, 그 얘기?"

"예, 이젠 안 쫓아다닙니까?"

"여전히 진행 중이라네. 그리고 쫓아다니는 게 아니라 만나 달라고 떼를 쓰고 있다네."

"그 말은 아직 피하고 있다는 말씀이군요."

"그런 셈이지."

"그런데 죄지은 것도 아닌데 피하는 이유라도 있습니까?"

"이 사람아, 깡패를 만나서 뭘 어쩌라고?"

"엥? 까, 깡패요?"

"응."

깡패라는 말에 고상도 회장은 의외라며 놀란 표정을 지었지만 주경연 회장은 대수롭지 않은지 시큰둥했다.

"헐, 깡패가 왜 형님을 만나려고 한답니까?"

"뭐, 얼핏 들어 보니 깡패가 돈을 좀 번 모양이야."

"그런데요? 동업이라도 하자고 그럽니까? 아니면 투자를 하겠답니까?"

"만나 보질 않았는데 그걸 어떻게 아나? 그냥 그런 치들하고 엮이고 싶지 않아서 피하는 게지."

"하긴…… 만나 봐야 뒤끝이 좋지 않은 치들이지요."

"그래서 한동안 마 회장 사무실에서 죽치며 시간을 보낼 생각이네."

"어? 그놈들을 피해 거기로 간단 말이오?"

"여간 성가시게 해야지. 피하는 것도 하루 이틀이지 이거야 원……."

"계속 피하다가는 해코지라도 하면 어쩌려고요?"

"그땐 나도 주먹을 사야지. 이날 이때까지 이런 일이 없었던 것도 아닌데 그따위 시시껄렁한 놈들의 해코지를 겁낼 내가 아닐세."

하기야 어느 정도의 부富를 쌓은 사람이라면 순탄한 길만 걸어오지는 않았을 것이다. 그러니 웬만한 위협 따위야 눈도 깜짝하지 않을 것이다.

"저도 당해 봐서 아는데 여간 끈질긴 놈들이 아닙니다. 웬만하면 만나 보시지요? 혹시 압니까, 의외로 도움이 될지요."

고상도 회장 역시 그런 경험이 있었던 듯 피하는 것만이 능사가 아님을 조언했지만, 주경연 회장의 반응은 도리질이었다.

"나라고 놈들에 대해 조사를 안 해 봤겠나? 도움이 되기는커녕 욕심이 한도 끝도 없는 놈들이라 엮였다가는 골치가 아플 것 같아서 그런다네."

"대체 어떤 놈들인데요?"

"마포서의 이규만 경감에게 물어봤더니 기석이파라고 하더군."

"기석이파요?"

'엉? 기석이파라고?'

고상도 회장보다 담용이 더 귀가 번뜩했다.

'아, 맞다. 여의도는 그놈들 관할구역이지.'

어째 이래저래 엮이는 것 같아 날을 잡아 손을 한번 봐 줘야 할 것 같았다.

"저는 처음 들어 보는데요?"

"하는 말이 원래는 기석이파가 양경재의 신촌파였다더군."

"아, 기석이란 놈이 양경재를 밀어냈나 보군요."

"아니, 양경재가 기석이에게 물려준 거라더군."

"아, 은퇴한 거로군요."

"이 사람, 왜 자꾸 넘겨짚고 그러나?"

"아닙니까?"

"참 나, 자네 그런 성격으로 황금왕이라 불린다니 정말 아이러니하네그려."

"에이, 그런 머리는 따로 있는 거지요."

이때 언제 끼어들까 시기를 노리고 있던 담용이 나섰다.

"양경재에 대해서는 제가 좀 알아요."

"어? 너 아직 안 갔어?"

"에이, 자꾸 왜 그러세요?"

"인석아, 난 간 줄 알았다. 이제 가라. 우리도 얼추 밥을 다 먹었으니까."

"두 분 그렇게 제가 꼴 보기 싫어요?"

"인석아, 너만 만나면 주머니가 탈탈 털리는데 누가 반갑다고 하겠냐? 밥 사 주는 것도 오감타 하고 언능 가!"

"그렇다고 손해를 끼친 적도 없잖아요? 오히려 주머니를 두둑하게 불려 줬으면 줬지. 안 그래요?"

"얼라리오? 그 돈이 어디 있는데? 난 받은 적이 한 번도 없다. 어디 좀 줘 보지그래?"

"나도 여태 한 번도 받은 적이 없다."

"그거야 자금으로 남겨 두느라 분배를 하지 않아서 그런 거지 벌긴 벌었잖아요?"

"흐이구, 그러셔? 어이, 아우야."

"예, 형님."

"우리 사전에 내 손에 돈이 들어오기 전에 내 돈이냐 남의 돈이냐?"

"당연히 남의 돈이죠."

"들었지?"

'씨이……'

능구렁이처럼 변죽을 울리는 두 사람이 죽까지 척척 맞춰 대니 돈 얘기를 해야 하는 담용이 말도 꺼내지 못하고 전전 긍긍할 때다.

왈칵!

거칠게 출입문이 열리는 소리가 들리고, 이어서 어딘가 조소하듯 이죽대는 목소리가 들려왔다.

"우워-! 주 회장님이 여기서 점심을 맛나게 먹고 계셨네요. 우리는 그것도 모르고 사방팔방으로 찾아다녔습돠."

"……!"

"야들아, 우리도 밥 묵어야지. 한 그릇들 시켜서 묵고 있으라."

"옛! 형님."

따라온 깍두기 네 명이 분분히 자리에 앉느라 잠깐 소란이 일 때, 드르륵하고 주경연 회장이 대답도 하기 전에 의자를 끌어서는 털썩 주저앉는 빡빡머리 사내다.

반질반질한 빡빡머리에 제법 총기가 엿보이는 인상이었다.

거기에 훤칠한 허우대에 검정색 정장을 걸쳐 놓으니 조폭

보다는 샐러리맨에 가까운 분위기다.

슈트에 제대로 어울리는 체격, 그리고 인물도 훤칠했다.

'허우대가 아까운 놈이군.'

담용에게 사내의 첫인상은 그렇게 박혔지만 권하지도 않았는데 제멋대로 의자를 끌어와 자리를 끼어드는 것에 기분이 팍 상해 버렸다.

"아줌마! 여기 부추비빔밥 한 그릇 주쇼!"

"네에―!"

담용이 주경연 회장을 힐끗 보니 미간만 살짝 모은 채 묵묵히 식사만 하고 있었다.

척 봐도 상대하기 싫다는 노골적인 행동.

'쯧, 할 수 없이 나서야겠군.'

사실 나서게 되면 끝까지 가야 함을 모르지 않지만 그렇다고 나이 든 사람에게 맡겨 놓을 수는 없다.

어차피 기왕에 부딪칠 거라면 처음부터 강력한 인상을 주는 게 낫다.

슬쩍 식당 안을 살피니 점심시간이 지나서인지 조폭들 외에 두 서너 식탁만이 차 있었다.

앞으로 벌어질 일은 보는 사람이 적을수록 좋다.

'잘됐군.'

탁.

수저를 내려놓은 담용이 딱딱한 말투로 내뱉었다.

"저리 꺼져!"

그런데 어투가 어딘가 모르게 스산했다.

"엉? 바, 방금 내게……."

"꺼지라고 했다."

"하! 너, 이 새끼, 지금 나, 나보고……."

기가 막혔는지 잠시 말을 잊고 버벅거리는 빡빡머리 사내가 눈만 데굴데굴 굴렸다.

지금 이게 뭔 시추에이션인가 싶은 표정이 역력했다.

그도 그럴 것이 여의도 바닥, 아니 마포 바닥에서 그에게 그렇게 말하는 사람은 조직의 몇 명을 빼고는 아무도 없었기 때문이었다.

사람은 무릇 너무도 어이없는 상황에 직면하면 오히려 어떻게 처신해야 할지 당황하기 마련이다. 빡빡머리 사내가 지금 딱 그 짝이었다.

"마지막으로 하는 경고다. 저리 꺼져!"

"다, 담용아."

당황한 주경연 회장이 황급히 담용을 제지하려 했지만 이미 늦었다.

"이런, 우라질 새끼가……."

어이없어하던 것도 잠시 빡빡머리 사내가 '벌떡' 일어섰다.

그러나 무릎을 채 펴기도 전에 '뻐억' 하고 뼈가 부러지는

소리가 나면서 중심을 잃은 사내가 '컥' 하고 신음을 내뱉고
는 저만치 나가떨어졌다.

쿠당탕탕—!

탁자와 의자가 빡빡머리 사내의 덩치를 이기지 못하고 우
그러지고 부서지는 사태가 벌어졌다.

식당 안이 대번에 난장판이 되어 버렸을 때, 막 한 숟가락
뜨려던 사내들이 벌떡 벌떡 일어서더니 비명 같은 고함을 내
질렀다.

"아앗! 헤또 형님!"

"악! 저, 저 새끼가!"

사내들이 다급한 경호성을 터뜨릴 때, '끄아악!' 하고 기괴
한 포즈로 나가떨어진 빡빡머리 사내의 입에서 고통에 찬 비
명이 터져 나왔다.

비명에 이어 다리를 부여잡고 데굴데굴 구르느라 식당 안
은 더 엉망이 되어 버렸다.

"저 씨불 넘이! 담가 버려!"

"죽여!"

우당탕. 쿠당탕.

식탁과 의자들을 발로 차 가며 득달같이 달려드는 사내들
의 기세는 흉흉했다.

그러나 가만히 서서 당하고 있을 담용이 아니다.

발을 뗀다 싶더니 신형이 흐릿해지면서 바람에 깃털이 날

리듯 어느새 사내들의 앞을 막아선 담용의 오른손이 우에서 좌로 쓸렸다.

철썩!

"커억!"

공포의 손바닥 신공에 앞장선 사내의 뺨이 한쪽으로 쏠리면서 쭉 하고 한 줄기 핏줄기가 뿜어졌고, 뒤이어 네다섯 개의 이빨이 튀어나왔다.

당연히 몸통은 붕 떠서 출입문까지 날아가 '철퍼덕' 하고 나자빠졌다.

동시다시피 뒤따르는 사내를 향해 이번에는 왼손을 좌에서 우로 쓸어 갔다.

처얼썩!

앞서보다 더 차진 싸대기 소리가 터져 나오면서 사내 역시 핏줄기와 이빨을 뱉어 내며 벽에 박히듯 처박혔다.

"어어. 이, 이 자식……."

앞섰던 동료가 퍽퍽 나자빠지는 것을 본 사내가 주춤하는 사이 담용의 앞발이 복부를 찍어 버렸다.

퍼억!

"우우욱!"

"앗!"

억눌린 신음을 내뱉으며 동료가 풀썩 주저앉자, 화들짝 놀란 사내가 공포를 느꼈는지 냅다 출입문으로 달음박질을 쳤다.

"자식이, 비겁하게……."

말이 끝남과 동시에 담용의 신형이 쑤욱 솟았다.

중력을 무시한 신체가 두 개의 탁자를 단숨에 뛰어넘더니 사내의 앞을 막고 섰다.

"으아아아아－!"

이판사판이다 싶었던 사내가 고함을 지르며 마구잡이로 달려들었다.

처어얼썩!

"크으윽!"

세찬 싸대기에 사내가 두 바퀴나 도는 아리랑 춤을 추면서 고꾸라졌다.

탁탁탁.

"자식들이 아무리 깡패라지만 버르장머리 없이 어른들 앞에서 까불고 있어."

손을 탁탁 털면서 한마디 내뱉은 담용이 돌아섰다.

"다, 담용아."

"아, 안 다쳤냐?"

염려 어린 말을 내뱉었지만 표정은 전혀 그렇지 않았다.

더도 덜도 아닌 딱 한 방씩에 깡패들이 나가떨어지는 것을 본 주경연 회장과 고상도 회장은 그저 입만 딱 벌린 채였다.

"에이, 한주먹도 안 되는 이딴 자식들한테 제가 왜 다쳐요?"

어깨를 한번 으쓱해 보인 담용이 빡빡머리 사내에게로 다가갔다.

"우우우웁. 우웁."

엄습한 고통이 견디기 어려웠는지 오른쪽 다리를 부여잡고 몸부림을 치고 있었다.

"새끼가 엄살은. 고작 다리 하나 부러진 걸 가지고. 어디 보자, 손해배상은 해 드려야지."

뒤적뒤적.

"안 죽어, 자식아! 가만히 있지 않으면 한 대 더 때린다!"

"아, 아, 아으으으……."

담용의 엄포에 기함했는지 이빨이 부러지도록 악다무는 빡빡머리 사내다.

"그래, 그래야지. 알고 보니 말 잘 듣는 착한 놈이네."

상의 안주머니를 뒤져 장지갑을 꺼낸 담용이 불툭하게 한마디 내뱉었다.

"요즘 깡패들은 신용이 좋은가 보네, 크레디트카드도 가지고 다니고."

그것도 족히 열 장은 되어 보였다. 이 시절은 카드를 줄줄이 넣어 다니는 것이 있어 보인다고 여길 때라 그럴 만도 했다.

하지만 깡패들까지 유행을 따라 하다니 어처구니가 없다.

바인더북

왜냐면 카드를 발급받을 만한 직업이 없는 작자들이기에 그렇다.

"너, 이 카드 훔쳤지?"

절레절레.

무슨 소리냐는 듯 황급히 고개를 젓는 빡빡머리 사내다.

"그거야 확인하면 되는 일이고."

뒤적뒤적.

"호오, 요즘 다들 어려운데 깡패들은 경기가 좋은가 보네. 현찰이 두둑한 걸 보니 말이다."

담용은 주민등록증을 꺼내 신용카드에 영문으로 적힌 이름과 일일이 대조했다.

이름은 최대식이었고 영문도 똑같았다.

'훔친 건 아니네.'

현찰까지 몽땅 챙긴 담용이 지갑을 툭 내던지고는 미련없이 돌아섰다.

한데 무슨 생각이 들었는지 다시 돌아서더니 빡빡머리 사내 앞에 쪼그려 앉았다.

"이봐, 빡빡이, 주 회장님을 찾아왔다고 했냐?"

"으으으……."

끄덕끄덕.

"흠, 주 회장님이 내가 소속된 회사의 스폰서이시다. 그러니 앞으로 주 회장님 앞에 얼씬도 하지 마라. 알았나?"

끄덕끄덕.

"짜식이 방아깨비를 조상으로 뒀냐? 대답 안 해?"

"으으……. 예, 얼씬도…… 하지 않겠습니다."

"좋아. 하지만 깡패가 한 말을 믿을 사람은 아무도 없을 테니 쐐기를 박아 둬야 나도 귀찮지 않겠지. 그래 안 그래?"

"……."

"짜식, 쫄기는."

담용이 자신의 국정원 신분증을 꺼내 **빡빡**머리 사내의 눈앞에 갖다 댔다.

"자, 눈을 부릅뜨고 봐 둬라."

"……?"

"내가 누구냐?"

"허……허억!"

"짜식, 놀라기는."

예전보다야 끗발이 많이 죽었다지만 아직은 국정원의 기세가 서슬이 시퍼런 시절이다. 그것도 깡패 앞에서라면 끗발은 하늘로 치솟는다.

자연 국정원 요원임을 확인한 **빡빡**머리 사내가 기를 펴지 못할 수밖에.

"이게 뭔지 알아? 네 녀석 주민등록증이다. 앞으로 주 회장님 앞에 한 번만 더 얼쩡거렸다가는 네놈의 집안은 물론 사돈에 팔촌까지 무사하지 못할 테니 알아서 해. 아울러 우

리 회사를 무시한 네놈들 조직도 박살을 내 버릴 테니까. 알
아들었어?"

끄덕끄덕.

협박이 제대로 먹혔는지 안색이 창백해져서는 방아깨비가
따로 없을 정도로 연방 주억거리는 빡빡머리 사내다.

"다시 한 번 노파심에서 말하는데 말이야. 네놈들이 법 따
위를 우습게 아는 거 다 안다. 하지만 말이다. 우리 회사는
법은커녕 상식조차 밥 말아먹는 사람들이라는 걸 명심해야
할 거다. 못 믿겠으면 목숨을 걸고 시험해 보든가."

순전히 주경연 회장을 위해 협박하는 것이었지만 담용이
생각해도 오글거리는 말이었다.

국정원이 한 개인은 물론 그 집안까지 쥐락펴락한다는 것
은 옛날 중앙정보부 때도 없었을 일이니 말이다.

담용이 신분증을 흔들어 대며 다시 한 번 못 박았다.

"그리고 이거 비밀인 거 알지? 만약 나불댔다가 여의도에
서 내 정체가 사람들 입방에 오르락내리락하면, 모두 네놈
탓으로 알고 찾아갈 테니 입에 자물쇠를 채우고 있어야 할
거다. 이점 반드시 명심하도록."

뭐, 국정원 신분을 남용하는 바가 없지는 않았지만 그만하
면 알아들었을 것이라 여긴 담용이 궁금해하던 것을 물었다.

"그리고 네 별명이 헤또라고?"

"······예."

담용의 물음에 고통을 억지로 삼키고 근근이 대답하는 빡 빡머리 사내다.

"그게 뭔 뜻이냐?"

"대갈박을…… 그렇게 불러요."

"대갈박? 머리 말이냐?"

"예. 제 머리를 보고."

"아, 아. 영어 헤드의 일본식 표현이군."

아다마는 일본어로 머리를 뜻했고, 영어 헤드head를 일본 인들의 억센 발음 탓에 헤또ヘッド라고 했다.

"뭐, 그래도 아다마라고 하는 것보다 훨씬 낫네."

툭툭툭.

기특하다는 듯 다독여 준 담용이 지체 없이 주방 쪽으로 향했다.

'우선은 공권력으로 짓눌러 놔야 주 회장님이 안전하겠 어.'

담용이 일일이 찾아다니며 안전을 지켜 줄 수 없으니 예방 조치는 해 놔야 했다.

'조 차장님께 강력한 조치를 해 달라고 부탁해야겠군.'

국정원의 그 누구도 OP 요원의 요구를 무시할 수 없다는 것은 담용이 가진 큰 무기 중 하나였던 것이다.

'OP 요원이라는 게 쓸모가 있는 건지 시험도 해 볼 겸 잘 됐네.'

"주인아주머니가 누구시죠?"

"……."

사내들의 무지막지한 싸움에 주눅이 든 아주머니들이 주방 구석에 모여 쪼그려 앉은 채 와들와들 떨고 있었다.

담용의 친근한 말에도 서로 눈치만 보면서 나서는 아주머니가 없었다.

"아, 아, 저는 나쁜 사람이 아닙니다. 이 집 단골이신 주 회장님을 아시죠? 제가 그분 조카예요. 저 자식들이 어른 앞에서 건방지게 굴기에 버릇을 고쳐 준 것뿐이니 겁내지 마세요. 주인아주머니가 누구시죠?"

조금이라도 안심시켜 주기 위해 담용이 떠벌려 가면서까지 노력했지만 아주머니들은 좀처럼 공포 분위기에서 벗어나지 못했다.

아무래도 생전 처음 험한 일을 겪은 탓에 선뜻 나서기를 주저하는 듯했다.

"그럼 이렇게 하죠. 제가 기물 파손에 대한 비용을 여기 놓고 갈 테니 수리하도록 하세요. 아마 비용은 충분할 겁니다. 아참, 신고는 하지 마시고요. 저놈들에게 보복을 당할 수도 있으니까요. 구급차도 부르지 말고요. 난장판이 된 걸 보고 경찰이라도 오면 골치 아파질 겁니다. 저놈들도 그냥 놔두세요. 원래 깡패들은 지들이 알아서 치료하고 다 하니 이럴 때는 가만히 지켜보는 게 처신을 잘하는 겁니다. 그럼 전이만…….”

계산대에 빡빡머리 사내에게서 빼앗은 돈을 전부 내놓은 담용이 돌아섰다.

'아무래도 기석이파부터 시작해야 되겠군.'

그러려면 그를 대신해 누군가 나서 줘야 한다. 담용 자신이 나서기에는 아직 시기상조였고, 산적한 일이 너무 많았다.

'누가 좋을까?'

잽을 넣으며 적당히 건드려 줄 인물이 필요했다.

명국성? 강인한? 불곰? 병천순대파?

'얘들로는 너무 약해.'

세력이나 파워 면에서 밀릴 것 같았다. 아니, 그 전에 그럴싸한 한 명분이 없다.

깡패들이 무슨 명분이냐고 하겠지만 그렇지가 않다. 명분에서 밀리면 주변에서 호시탐탐 노리고 있는 조직의 도움을 받기가 어렵다.

약간이라도 머리를 굴릴 줄 아는 놈이 있어 선동하기라도 한다면 자칫 사면초가에 몰릴 수가 있다.

─의리도 없고 이유도 없이 막무가내로 쳐들어온 자식들을 같이 깨부수자.

그걸로 사면초과다.

이는 순망치한의 이치로 잇몸이 없으면 이가 시린 법, 나도 당하기 전에 합심해서 사전에 제거하는 것을 반대할 패거리는 아무도 없다.

'나 참, 이렇게 사람이 없……. 아! 맞다, 그놈!'

손뼉을 칠 정도로 기막힌 사내를 기억해 낸 담용이다.

'크크큭, 잘됐다 안 그래도 적당한 PA가 필요했는데.'

정신이 나간 놈처럼 실실 쪼개며 자리로 돌아와 보니 여전히 방금 벌어진 사태를 이해하지 못하는 기색으로 멍하니 서 있는 두 사람이 눈에 들어왔다.

"어? 왜 그런 표정으로 서 계세요?"

"담용이 너…… 원래 싸움꾼이었어?"

"참 나, 무게 없어 보이게 싸움꾼이라뇨? 제가 특전사 출신인 거 몰랐어요?"

고상도 회장의 말에 담용이 알통을 내보이는 시늉을 해 댔다.

"그래도 그렇지, 어떻게 딱 한 방씩에 골로 보낼 수가 있냐? 얼마나 세게 때렸으면 저놈들이 아직도 정신 못 차리고 뿔뿔 기어 다니느냐고?"

"헤헤헷, 제가 손아귀 힘이 좀 셉니다."

"뭐, 그렇다고 치고. 아무튼 속이 다 시원하네."

"자 자, 자리에 앉으세요. 하던 얘기를 마저 해야지요."

"난장판인 이곳에서 어떻게 얘기하겠냐? 내 사무실로 가자꾸나."

"히힛, 이제야 제게 사무실을 공개하시는군요."

"예끼! 언제 가 보자고 한 적이나 있어?"

"어? 그, 그런가?"

"싱거운 녀석."

"그러고 보니 내 사무실도 온 적 없지?"

"에헤! 이따가 가 보죠 뭐. 가면 금반지 하나 정도는 줄 거죠?"

"흐이그, 돈도 많은 놈이……. 인석아, 개시도 안 해 준 놈이 거저 얻을 생각을 해? 사람이 염치가 있어야지. 쿵!"

"히히힛."

철권을 수하로

붕! 부우웅-!

업소들을 관리하는 신촌역 인근의 4층 사무실에서 1번 우드를 쥐고 연방 휘둘러 대며 스윙 연습을 하고 있던 양기석이 허겁지겁 들어오는 먹물을 보고는 멈칫했다.

"뭐야?"

"형님, 헤또와 그 부하들이 왕창 깨졌답니다."

"뭐? 왕창 깨지다니 뜬금없이 뭔 말이야?"

"여의도에서 주 회장을 찾으러 다니다가 웬 놈들과 시비가 붙은 모양입니다."

"이넘들이 사고 치지 말라고 그렇게 일렀는데……."

"형님의 지시가 있어서 먼저 시비를 걸거나 행패를 부리지는 않았답니다."

"그래?"

"예. 헤또가 급히 구원을 요청해서 달통이 달려갔답니다.
근데 네 명 모두 당분간 전력으로 써먹지 못할 정도로 깨진
상태라 달통이 단골 병원에 입원시켰답니다."

"어디를 얼마나 깨졌는데 그래?"

"헤또는 다리가 부러졌고 나머지 녀석들은 하나같이 아구
통이 나갔답니다. 이빨도 많이 빠졌고요."

"뭐라? 다리가 부러지고 이빨이 나가?"

"예."

"상대는?"

부하들이 그 정도면 상대는 초주검이 됐을 것임을 기대한
양기석이 먹물을 빤히 쳐다보았다.

"그게…… 달통이 어찌 된 일인지, 또 상대가 누군지를 물
었지만 헤또가 입을 꼭 다문 채 말을 하지 않고 있답니다."

"뭐, 말을 안 해? 이유가 뭐야?"

"말을 하지 않으니 이유가 뭔지도 알 수가 없지요."

"이것들이 일을 왜 그따위로……. 달통 어딨어?"

"아직 병원에 있습니다."

"전화 넣어 봐!"

"옙!"

먹물이 급히 휴대폰으로 전화를 걸었다.

-어? 먹물이냐?

"달통, 형님이 호출하셨다. 바꿔 줄게."

먹물에게 휴대폰을 건네받은 양기석이 묵직하면서도 냉랭한 어조로 말했다.

"나다. 어떻게 된 건지 읊어 봐."

-옙! 저녁 8시쯤 헤또가 전화를 해서 깡식이를 보냈습니다. 도착해 보니 이미 네 놈 다 뻗어 있었답니다.

"그딴 사설은 집어치우고 언 놈의 소행인지만 말해."

-그걸 말하지 않고 있습니다.

"그러니까 그 이유가 뭐냐 말이다!"

-형님, 입을 꼭 다물고 있다니까요. 마치 못 볼 걸 봤거나 못 들을 걸 들은 것처럼 애가 완전히 맛이 갔다니까요. 지금까지 말 한마디 하지 않는 걸 보면 분명히 무슨 일이 있는 것 같습니다.

"그럼 시비가 붙은 곳은 어디야?"

-제가 물어봤지만 입도 벙긋 안 합니다.

"그게 무슨……. 인마! 네가 데리러 간 곳이 있을 것 아냐?"

-거기가 증권거래소 근처 길바닥이었습니다.

"이런 씨팔! 이 자식아! 사람이 수시로 드나드는 데서 싸울 일이 어딨어?"

-하지만 거기 자빠져 있었던 건 사실인걸요.

"염병…… 그만 닥치고 마구 조져서라도 무조건 알아내!"

-알겠습니다.

탁!

"먹물, 네가 직접 가 봐."

"그러죠."

"애들도 데리고 가. 가서 들어 보고 주변을 샅샅이 뒤져서라도 언 놈의 짓인지 밝혀내! 증권거래소 길바닥에서 연락을 했다지만 거기서 싸우거나 하진 않았을 거다."

"그래 봐야 여의도 바닥일 겁니다."

"그래. 아마 그 근처 어디서 일이 벌어졌을 거다. 수소문하면 누군가 한 명쯤은 본 사람이 있을 테니 반드시 밝혀내."

"알겠습니다."

지시를 받은 먹물이 나가자 양기석은 도대체 누가 헤또와 부하들을 해쳤는지, 또 어떻게 입을 꾹 다물게 했는지에 대해 머리를 굴리기 시작했다.

'대체 누구지?'

당장 떠오르는 세력이 없다 보니 염두를 굴려 봐도 금세 바닥이 드러났다.

당연한 것이 마포와 여의도 일대는 완전히 장악한 상태였기에 반감을 가질 만한 세력이 없었다.

워낙 살벌하게 잡도리를 한 결과다.

있다면 유일하게 넘보지 못한 곳인 아현동의 철권파다.

하지만 철권파는 시비만 걸지 않으면 그냥 돌부처나 마찬 가지라 의심의 여지가 없어 제외다.

'필시 떼거리로 몰려와서 덮쳤을 텐데…….'

이 역시 철권파와는 상성이 맞지 않다. 철권은 웬만하면 일대일의 대결을 선호하는 놈이기 때문이다.

냉병기 시절로 말하면 일기토다.

뭐, 상황에 따라서 그러는 거지만 어쨌든 먼저 시비를 걸 어오는 일은 극히 드물었다.

요즘 와서 향후 일통을 위해 자신들이 슬금슬금 집적이고 는 있지만, 그럼에도 꿈쩍도 않는 놈이니 의심할 여지가 없 었다.

'철권파가 아니면……. 젠장 할.'

골머리가 아픈지 머리를 훼훼 저은 양기석이 생각나는 곳 이 있었는지 휴대폰에 번호를 꾹꾹 눌렀다.

곧 능청스러운 어투의 목소리가 들려왔다.

ㅡ어이구, 양 사장님, 오랜만입니다.

"열흘도 안 됐는데 오랜만은 무슨……."

ㅡ열흘이면 우리 같은 사람은 굶어 죽기 딱 좋은 기간이지 요, 하하핫.

"일 하나 해 줘야겠어."

ㅡ크크큭, 굶어 죽으라는 법은 없네요. 즉각 모시겠습니 다. 무슨 일입니까?

"증권거래소 근처에서 우리 애들 네 명이 당했다."

-허어얼, 나와바리에서 당해요?

"일하고 싶으면 쓸데없는 소리 말고 듣기나 해."

-예, 예, 말씀하십쇼.

"네 명이 크게 다칠 정도로 소란이 있었으니 근처를 수소문하면 누구 짓인지 알 수 있을 거다."

-아 아, 저더러 호랑이 간을 빼먹으려 한 놈들이 누군지 찾아 달란 말이군요.

"그래."

-좋습니다. 사건이 일어난 날짜와 시간을 알려 주십시오.

"오늘 8시쯤으로 알고 있다."

-알겠습니다. 조만간 연락을 드리지요. 그런데……

"내일까지 5백!"

-헐! 나와바리가 상해서 똥줄이 타는 줄 알았더니 그것도 아닌 모양이오.

"싫으면 관둬도 돼."

-에이, 왜 그러실까? 좋소. 대신 에누리 없이 7백만 주쇼. 내일까지라면 발에 땀띠가 날 정도로 뛰어야 될 테니 말이오.

"그렇게 하지."

-아참, 한 가지 더 물어봅시다.

"뭔가?"

-전쟁의 조짐이라도 있는 거요?

"그런 일 없다."

-그럼 부하들에게 지시한 일 같은 거 없소? 그걸 말해 줘야 일이 빨라지니 딱히 비밀이 아니라면…….

"주경연 회장을 찾고 있는 중이었다."

-주 회장? 그 양반이야 증권거래소에서 주구장창 살고 있는 사람인데 찾기가 뭐 어렵다고……. 아, 아. 그 양반 찾다가 당했구나. 대충 알겠소. 더 할 말 없소?

"없어."

-그럼 끊소이다.

탁.

양기석이 통화를 끊자마자 책상 위의 전화기가 울렸다.

뚜우. 뚜우우우.

직통 전화의 벨소리였다.

고위급 인사 혹은 그에 버금가는 사람들만이 걸 수 있는 전화라 양기석이 얼른 받았다.

"양기석입니다."

-이 과장이오.

"어이구, 이 경정이 웬일이오?"

경정이라면 무궁화 세 개로 경찰서의 과장급이다.

-양 사장, 혹시 주 회장을 건드리려고 했소?

"누, 누굴요?"

내심 뜨끔했지만 금시초문이라는 듯이 되묻는 양기석이다.

－대왕AM의 주경연 회장 말이오. 모르지는 않을 텐데요.

"글쎄요. 이름은 들어 봤지만 나와는 인연이 없는 사람이오만……. 근데 그 사람을 왜 나와 연관시키는 거요?"

－양 사장과 인연이 없다면 다행이지만, 부하 중에 헤또란 애가 그 양반을 건드린 모양이오.

"헐. 그런 일이? 그래서요?"

－조금 전에 윗선에서 주회장을 보호하라는 지시가 내려졌소. 그리고 주 회장을 건드린 자를 수사하란 명도 함께 말이오.

'헛!'

놀란 나머지 속으로 헛바람을 불어 냈다.

아울러 경찰이 헤또라는 별명까지 알고 있는 걸로 보아 범인이 직접 제보했음을 직감했다.

'그런데 윗선에서 지시가 내려왔다고?'

양기석은 그 부분에서 뭔가 잘못됐다는 것을 본능적으로 감지했다.

－도대체 선량한 사업가에게 무슨 짓을 한 거요?

"으음, 정말 모르는 일이오. 아무튼 애들을 단도리할 테니 이 경정이 애를 좀 써 주시오."

－나야 그리고 싶지만 이건 내 손에서 어찌할 수 있는 일

이 아니라서 곤란하오.

"그럼 서장이……?"

－그렇소. 방금 나를 불러 직접 지시를 내렸다오. 결과를 가져오라고 호통을 쳤다오.

'제기랄.'

이 경정의 말투에서 수사를 할 수밖에 없다는 뉘앙스가 팍팍 풍겼다.

수사의 강도를 약화시킬 필요가 있다. 그러려면 뇌물을 건네줘야 한다.

이럴 때일수록 경찰과 척을 지어서 좋을 게 하나도 없다. 온몸으로 세상을 부대껴 온 양기석의 촉이 그렇게 말하고 있었다.

"이 경정, 곧 사람을 보내겠소."

－양 사장, 이번 일은 그걸로 무마하기는 역부족일 같소.

'빌어먹을.'

이 말은 알아서 희생양을 내 달라는 얘기였다. 돌려서 말하지만 강력한 메시지나 다름없다.

달리 말하면 도저히 거역할 수 없는 윗선의 지시라 미봉책으로 끝낼 일이 아니라는 얘기다.

이건 관내의 치안을 책임지고 있는 경찰서장으로도 어쩔 수 없는 일임을 양기석 자신도 잘 알고 있었다.

'으득, 그래, 내주마.'

어차피 부상을 당해 전력에서 이탈한 놈들이니 내줘도 상관은 없다.

그래도 모르쇠로 버틸 때까지 버티는 것은 당연한 일.

"정말로 우리 애들이 한 짓이란 말이오?"

—그렇소. 이미 주 회장이 증언을 했고 또 용의자 다섯 명이 입원해 있는 병원도 파악해 놓은 상태요.

'이런, 제길…… 미리 체포할 준비를 다 해 놓고 뒤늦게야 전화로 통보해 주다니.'

양기석의 속에서 천불이 일면서 부글부글 끓어올랐다.

그도 그럴 것이 돈은 돈대로 들고 애들은 애들대로 희생을 시켜야 하는 정말 개 같은 경우여서다.

"후우, 알았소. 아무튼 애를 좀 써 주시오."

—당연히 선처를 하도록 노력은 하겠지만, 애들이 전과가 줄줄이라…….

쉽지는 않을 거라는 얘기.

에둘러서 말하는 것일 뿐, 이는 통 크게 돈을 써야 할 것이라는 메시지나 다름없었다.

'돼지 같은 놈.'

그 돈이 대부분 이 경정의 주머니로 들어가는 것을 모르지 않았지만 그것을 들춰낼 수는 없는 일.

그랬다간 법대로 하면 그만이다.

경찰이 법대로 처리하겠다는데야 뭔 말을 할까?

－양 사장도 알다시피 영감님들에게도 성의는 보여야 하지 않겠소?

"그야……."

속 보이는 짓거리에 욕지기가 올라왔다.

"아무튼 알겠소. 대신 애들에게 내 체면이 구기지 않게 부탁하오."

체포하고 심문할 때 양기석 자신의 뜻이 아님을 알아서 처리해 달라는 뜻이었다.

－그건 염려 마시오. 그럼 그렇게 알고 있겠소.

상대가 전화를 먼저 끊은 것을 안 양기석이 전화기를 패대기쳐 버렸다.

"구더기 같은 새끼들."

자신보다 더 구린내가 나는 놈들이 경찰이랍시고 거들먹거리는 것에 신물이 나는 양기석이다.

꾹, 꾹, 꾹.

양기석은 병원으로 가고 있을 심복인 먹물의 휴대폰 번호를 찾아 신경질적으로 눌렀다.

마포구 아현동.

유래는 옛날에 아이가 죽으면 내다 버리던 고개라는 데서 비롯됐다.

그래서 '아이고개'라며 애오개라 부르기도 한다.

아이고개를 한자로 하면 바로 아현이 되는 것이다.

전철 5호선의 애오개역 역시 옛 지명을 따서 이름을 붙인
것이다.

사실 이 당시만 해도 아현동은 아파트보다는 단독주택이
많은 편이라 동네가 별로 번화하지가 않다.

그런 탓에 건물 역시 대부분 고만고만하면서 연도도 오래
되어 조금은 동네 전체가 후줄근한 분위기를 면치 못했다.

주요 소비층인 젊은이들이 인근의 신촌과 홍대 또는 종로
로 빠져나가다 보니 선술집이나 간이 살롱 주점 같은 대부분
어른들이나 찾을 법한 가게들이 도로를 따라 주욱 나열되어
있는 형국이었다.

네온사인조차도 다소 유행에 뒤떨어져 있었지만 대신 현
란한 반짝거림으로 나름 밤의 문화를 연출하는 실정이었다.

다소 늦은 시각인 9시경 담용의 애마가 새마을금고 주차
장에 들어섰다.

애마를 멈추고 차에서 내린 담용이 주변을 휘둘러보더니
곧장 걸어갔다.

'갈대의 순정이라고 했지.'

명국성에게 들은 술집, 아니 단란주점의 상호였다.

불혹이 코앞인 명국성은 나이만큼이나 웬만한 뒷골목 정

보는 줄줄이 꿰고 있었다.

　－철권파요? 거긴 왜……?

"볼일이 좀 있어서 그러오."

　－위험한 놈인데…… 혼자서 찾아가신다고요?

"싸우러 가는 건 아니니 안심하시오. 어디 있는지 알면 가르쳐 주오."

　－알려 드리는 거야 어렵지 않지만 조심하는 게 좋을 겁니다.

"그러겠소. 어딥니까?"

　－아현고가를 지나기 전에 우회전하시다 보면 새마을금고가 보일 겁니다. 주차는 새마을금고에 하시면 되고요. 차에서 내려서 곧장 진행 방향으로 가다 보면 조금 크다 싶은 촌스러운 네온사인이 반짝거리며 돌아가는 게 보일 겁니다. 거기가 철권파에서 운영하는 극장식 단란주점입니다. 상호는 '갈대의 순정'이고요.

"몇 시에 가면 볼 수 있소?"

　－거기까지는 저도 정확히는 잘…….

"짐작이라도 상관없으니 말해 보시오."

　－글쎄요. 나와바리가 넓으면 사무실을 따로 두고 있겠지만 거긴 달랑 아현동 한 구역이라 밤 9시부터는 업소에서 자리를 지키고 있을 것으로 짐작이 됩니다만, 만약 자리에 없

다면 늦어도 10시까지는 오지 않을까 싶습니다.

"알았소. 그 외에 내가 알아야 할 건 없소?"

-아, 좌우용호라 불리는 두 명의 심복은 반드시 알고 가
셔야 합니다.

"좌우용호? 용과 호랑이 말이오?"

-하하핫, 용은 맞는데 '호' 자는 범 '호' 자가 아니라 여우
'호' 잡니다. 주먹보다는 머리를 쓰는 놈이거든요.

"아! 별명 같은 것은 없소?"

-철권파는 지저분하다고, 조직 중 유일하게 별명을 쓰지
않고 본명을 그대로 쓰고 있습니다.

"어? 그래요?"

-예. 그래서 철권도 이름입니다. 성은 조가고요.

"하면 조철권?"

-예, 조철권입니다.

"고맙소."

-별말씀을요.

그렇게 명국성이 가르쳐 준 대로 가다 보니 그의 말대로
유난히 도드라지게 빛을 발하는 커다란 네온사인이 보였다.

솔직히 80년대에 유행했던 스탠드바 같은 간판이라 명국
성의 말처럼 많이 촌스러웠다.

"어서 옵쇼쇼쇼쇼-!"

"사장님, 한 분이십니까?"

출입구 좌우에 장승처럼 서 있던 두 사내가 담용이 오는 것을 보고 90도 각도로 인사를 하고는 맡은 역할대로 큰 소리로 맞았다.

"어, 싱글이오."

"사장님, 자알 오셨습니다."

애들은 젊으나 늙으나 손님이면 무조건 사장님이다. 손님을 한껏 띄워 줘야 돈을 푼다는 상술의 일환임을 알면서도 대개는 우쭐한 기분에 고무돼 고객들도 지갑을 여는 것이다.

"책임지고 부킹해 드리겠슴돠! 이리로……."

좌측 사내가 담용을 안내하더니 이내 큰 소리로 외쳤다.

"서태지!"

"옛, 형님!"

대답과 동시에 가슴에 '서태지'라고 쓴 명찰을 단 호리한 사내가 잰걸음으로 달려왔다.

이 시절 웨이터들의 단면을 잘 보여 주고 있는 모습이었다.

'서태지?'

'난 알아요'란 노래로 인기 절정을 구가했던 그룹 아이돌임을 모르지 않는 담용이다.

요즘은 조금 뜸하다가 '울트라맨이야'라는 시끄러운 곡을 가지고 나와 또 한 번 젊은 청춘들의 가슴에 풍파를 일으키고 있었다.

하지만 담용은 천성적으로 예술적 감각이 없어서인지 그 분야에는 젬병이라 젊은이들이 서태지와 아이들의 노래에 열광하는 것을 보면서도 무덤덤했다.

음악에 관심이 없다 보니 그저 시끄럽다는 느낌만 들었다.

여동생 혜인이가 제법 따라서 흥얼거리며 집안을 헤집고 다녔지만 가사도 음악도 템포가 너무 빨라 도통 알아들을 수가 없었다.

그러니 당연히 관심 밖의 일이었다.

"손님 오셨다! 네가 모셔라."

"알겠습니다, 형님."

"초행이시다, 잘 모시도록."

"넵, 염려 마십시오. 사장님, 저를 따라오십시오."

역시 90도 각도로 깍듯이 허리를 접으며 담용을 황제 모시듯 정중하게 대했다.

실내로 들어서자 어둑한 실내에 쿵쾅거리는 음악 소리와 함께 색색의 사이키 조명들이 현란하게 돌아가고 있는 것이 눈에 들어왔다.

한데 광란하는 음악과 현란한 조명과는 달리 손님은 별로 없었다.

아마도 주말이 아닌 평일이라 편차가 있는 듯했다.

'헐, 어질어질하군.'

사실 기억 저편에서나 지금이나 이런 곳에 온 경험이 별로 없는 담용이라 생소한 기분이었다.

애써 표정을 드러내지 않은 담용이 차크라의 기운으로 눈을 안정시키고는 실내의 구조를 세밀히 살피는 것을 게을리하지 않았다.

만에 하나를 위한 나름의 조치였지만 이미 습관이 된 터였다.

담용이 웨이터에게 안내되어 간 곳은 그런대로 무대가 잘 보이는 위치의 좌석이었다.

"사장님, 자리가 마음에 드십니까?"

"흠, 좋군."

살짝 고개를 끄덕여 보인 담용이 자리에 앉았다.

"마음에 드신다니 다행입니다."

팔에 걸친 수건으로 테이블을 쓱쓱 닦은 웨이터가 메뉴판을 내밀면서 말했다.

"사장님, 저희 업소는 기본 메뉴부터……."

"아, 아, 됐고. 가장 근사한 메뉴가 뭔가?"

웨이터의 말을 중간에 끊은 담용이 지갑을 꺼내 10만 원짜리 수표 한 장을 주머니에 꽂아 주었다.

넙죽.

"아이구, 사장님, 감사합니다!"

서비스도 받기 전에 거액의 팁부터 주는 담용에게 웨이터가 허리를 절반으로 꺾어 깍듯하게 인사를 했다.

과용하기보다는 절제가 몸에 밴 담용이었지만 지금은 작심한 바가 있어 베팅을 하는 데 주저함이 없었다.

"자네, 일당이 어떻게 되나?"

"그건 왜 물으시는지……."

"아, 내가 떠날 때까지 전담을 해 줬으면 해서 묻는 거네."

"아, 아, 예에. 주말은 수입이 조금 낫지만 오늘 같은 평일에는 대중이 없습니다."

"구체적으로 얼만가?"

"대략 10만 원 안팎입니다. 하지만 10만 원을 채우는 때는 그리 많지 않습니다."

"솔직하군."

웨이터의 촉이 좋다고 여기는 담용이다. 그랬으니 초면임에도 손님의 질을 보고 판단해 제법 준수한 자리로 안내한 것이리라.

밤업소에 종사하는 사람들이 손님에게 솔직하기는 쉽지 않은 일이다.

단골이 아니라면 일종의 봉으로 여겨 바가지를 씌우는 게 더 쉽지 있는 그대로를 내보이는 것이 어찌 쉬울까?

"내가 갈 때까지 30만 원에 그대를 사면 어떤가?"

"사, 삼십만 원요?"

"그래, 아마 길어야 3시간 정도면 될 거야."

"하, 하겠습니다. 3시간 동안 종처럼 부려 주십시오."

"그래. 그럼 이것부터 받아."

담용이 '턱' 하고 10만 원짜리 수표 세 장을 건넸다.

"엇! 봉사료는 갈 때 주셔도……."

"술을 마시다 보면 돈이 바닥날 수도 있잖아? 미리미리 주는 게 좋지."

"아, 예. 그럼……."

두 손으로 공손히 받던 웨이터가 소곤거렸다.

"사장님, 제가 일급 아가씨로 모시도록 하겠습니다."

"아니, 특급으로 해 줘."

"예? 트, 특급으로요?"

"왜? 안 되나?"

"그게…… 특급은 제 권한으로 좀……."

"그럼 이걸 받아."

이번에는 1백만 원짜리 수표였다.

"……!"

"모자라?"

"아, 아닙니다."

"아니면 가짜 같아 보여서 그러나?"

"그, 그게……."

사실 그런 생각을 할 만도 했다.

'텐프로'들을 상품으로 내놓는 룸살롱도 아닌 고작 변두리의 단란주점에서 수표를 아낌없이 척척 꺼내 놓으니 가짜 수표로 선심을 팍팍 쓰는 것이 아닐까 의심하는 것도 무리는 아니었다.

"유흥업소에는 진위 판별기라는 게 있는 걸로 아는데. 여긴 없나?"

진위 판별기는 위폐나 가짜 수표 등을 가려내는 기계다.

아직은 5만 원짜리 지폐가 나오기 전이라 수표로 지불하는 고객들이 많아 업소마다 진위 판별기를 설치해 두고 있던 것이다.

"아닙니다. 당연히 있습니다."

"그렇다면 가지고 가서 확인해 봐."

"사장님, 정말 죄송합니다만 잠시만 기다려 주십시오."

"내 걱정은 말고 다녀와."

그렇게 말한 담용이 느긋하게 소파에 등을 기대고는 다리를 꼬았다.

웨이터는 채 5분도 지나지 않아 화색이 되어 돌아왔다.

"사장님, 전부 확인됐습니다. 정말 죄송합니다."

"죄송하기는…… 뭐든 확실한 게 좋지. 이제 술과 안주를 좀 가지고 오지그래?"

"알겠습니다. 뭘로……."

"자네가 추천하고 싶은 게 뭐지?"

"당연히 가장 비싼 '갈대의 순정'이지요."

"어? 그건 업소 이름이잖아?"

"하핫, 맞습니다. 업소의 얼굴인 이름을 따서 메뉴로 정한 것이라 가장 비싼 안주입니다."

"좋아, 그걸로 해. 술은 좋은 게 뭐가 있지?"

"로얄살루트 21년산이 있습니다."

"아, 아, 그…… 영국의 엘리자베스 여왕 대관식 때 헌정한 위스키 말이지?"

"하핫, 잘 아시는군요."

"내가 양주라면 좀 알지. 이렇게 하자고."

"예?"

"보아하니 비록 단란주점이란 간판을 달고는 있지만 웨이터들의 질과 서비스도 좋은 걸 보면 속임수는 없는 것 같네."

"아이구, 속이다니요? 우린 그런 거 절대 안 합니다. 그랬다간 사장님께……."

쓱!

웨이터가 비장하게 손날로 목을 긋는 시늉을 했다.

"그래, 내가 봐도 그럴 것 같다. 양주도 제법 소장하고 있는 것 같아 보이니 아예 38년산으로 가져와."

"예에? 사, 삼십팔 년산요?"

"왜, 없나?"

"그, 그건 저도 잘 모르겠습니다. 21년산은 있지만요. 지배인에게 물어봐야……."

"있을 거야. 이건 갈대의 순정과 로얄살루트 38년산 값이야. 모자라면 더 청구하고."

담용이 이번에는 통 크게 5백만 원짜리 수표를 거침없이 건넸다.

내심으로는 이게 뭐 하는 짓거리인가 싶었다. 그러나 목적을 달성하기 위해서는 어쩔 수 없다.

돈을 좀 벌었다고 돈을 물 쓰듯 펑펑 질러 대는 것 같지만 그렇지 않다. 단지 꼭 필요한 물건을 고민 없이 사는 심정일 뿐이다.

'에혀, 두목을 불러내려면 할 수 없지.'

철권은 폭력으로 관심을 끌어 불러낼 상대가 아니라고 여긴 결과였다.

막무가내로 시비를 걸어 폭력을 썼다간 자신이 의도한 일이 어그러질 수가 있어 정공법을 쓰기로 한 터였다.

"왜? 적어?"

"아, 아닙니다. 그런데 여자는 어떤 스타일을 좋아하시는지요?"

"예쁠 필요는 없지만 지적인 여자였으면 좋겠어."

톡톡톡.

담용이 자신의 이마를 치면서 말을 이었다.

"다시 말하면 여기가 너무 빈 여자이거나 헤픈 여자를 앉히지 말란 말이지. 만약 그랬다간 돈을 도로 돌려받을 테니까."

"아, 알겠습니다."

"아, 그리고 또 한 가지. 나도 질퍽거리지 않을 테니 여자
는 술만 따라 주면서 대화 상대만 해 주면 된다는 걸 참고하
라고."

"옛! 자, 잠시만 기다려 주십시오."

주문을 받은 웨이터가 급히 자리를 떠나 허둥지둥 어디론
가 갔다.

웨이터 경력 이후 처음으로 거금을 내밀며 제 입맛대로 가
지고 노는 손님을 맞이해 당황한 듯했다.

단란주점의 간이 집무실.

팔짱을 낀 채 한 손으로 턱을 괴고 있는 탄탄한 사내, 즉
조철권이 푹신한 소파에 기대 있었다.

하지만 눈앞에 앉은 수하의 보고가 눈살을 찌푸리게 했는
지 그다지 신관이 편해 보이지 않았다.

"흠, 오늘도 그랬단 말이지?"

"예, 벌써 열흘이 다 돼 갑니다."

"기정아, 놈들이 그러는 이유가 뭘까?"

기정이라 불린 사내는 좌우용호 중에 '호'라고 불리는 함기

정이었다.

　"제 생각엔 놈들이 이제 때가 됐다고 여기는 것 같습니다."

　"때가 됐다?"

　"예. 우리 나와바리만 빼고 마포구는 죄다 장악했으니까요."

　"하면 입안에 낀 가시를 마저 뽑아 버리자고 수작을 부리는 거란 말이지?"

　"그게 아니면 다른 이유가 없잖아요?"

　"흠, 그저께는 최가숯불갈비에서 시비를 걸었고, 어제는 미주아파트 단지 내 상가에서, 오늘은 녹색부동산 사무실에서 행패를 부렸다. 맞나?"

　"맞습니다. 그걸 보면 점점 이곳으로 거리를 좁혀 오고 있음이 확실합니다. 이건 명백한 도전입니다, 형님."

　"그런 것 같다. 놈들의 전력이 어떻게 되지?"

　그렇게 묻는 조철권의 눈빛이 시퍼렇게 살아나면서 불꽃이 튀기 시작했다.

　"쪽수는 우리보다 스무 배나 더 많을 겁니다만, 핵심 전력만 치면 우리가 더 정엽니다."

　"그렇지만 다구리에 장사가 없잖아? 애들도 많이 다칠 테고."

　"그렇긴 합니다만……."

　"놈들이 정정당당하게 나온다면 모를까 그럴 리는 없을 테고……."

　"에이, 그런 시절은 지났다고 봐야지요. 형님이나 옛날 자유당 시절의 선배들을 그리워해서 일대일을 선호하는 거죠."

"인마, 그게 잘못된 건 아냐. 날붙이를 들고 떼거리로 싸우는 놈들이 잘못된 거지."

"하이고오─! 어련하시겠습니까요? 제가 형님을 따르다가 언젠가는 길거리에서 다구리를 당해 죽고 말 겁니다."

"왜? 싫어?"

"뭐, 형님하고 같이 죽는다면 싫고 좋고가 어딨어요? 그냥 같이 가면 그만이죠. 그딴 거 미련 없어요."

"짜식, 아무튼 묘수가 있어야겠어."

"형님, 한 번쯤 푸닥거리를 해 보는 건 어떨까요?"

"인마, 미끼에 걸려드는 미련한 짓을 왜 해?"

"애들이 들썩들썩하니까 그러죠."

"애들이 그런다고 너희들까지 그러면 어떡해? 말려!"

"……예."

"일단은 참을 때까지 참아. 그동안 뭔 수를 써 볼 테니까."

"알았어요."

"근데 달식이는 아직이냐?"

"아까 황 사장하고 얘기 잘 끝났다고 했으니 곧 올 겁니다."

"그것도 그래. 황 사장은 왜 갑자기 술을 가지고 말썽인데?"

"자세히 말은 안 하는데 암만 생각해 봐도 무슨 곡절이 있는 것 같아요."

"뭔 곡절?"

"황 사장도 술을 공급받기가 어려워졌다고 하니까, 그 속에 뭔 사유가 있을 것 아닙니까?"

"이유가 뭘 것 같아?"

"달식이가 알아본다고 했으니 오면 뭔 말이 있겠지만, 제 생각에는 아무래도 기석이파에서 수작을 부리는 것 같습니다."

"설마?"

"형님, 충분히 그럴 수 있어요. 원래 술장사라는 게 주류 공급이 끊기게 되면 고사할 수밖에 없잖아요?"

"흠. 돈줄부터 끊어 놓고 손을 보겠다, 이 말이냐?"

"예, 손 안 대고 코 푸는 방식이죠."

끄덕끄덕.

"그래, 그럴 수도 있겠군. 짜식들이 여기 뭐 먹을 게 있다고 집적거리는 건지."

"그거야 대외적으로 체면이 걸려 있는 문제라 그렇지요."

피식.

조철권이 같잖다는 듯 입에서 바람 빠지는 소리를 냈다.

말하자면 마포와 여의도를 전부 장악했는데 아현동만 빠졌다는 건 철권이 무서워서라는 소문이 날까 두렵고 창피한 것이다.

아울러 볼일을 보고 뒤처리를 하지 않은 찝찝함을 털어 버리려고 하는 짓거리든지.

"사실 냉정히 따져 보면 기석이 놈으로서는 당연한 행동이라 할 수 있지요."

"하긴⋯⋯."

똑똑똑.

"어, 들어와라."

덜컥.

정장에 보타이를 맨 사내가 들어서자마자 꾸벅 인사를 하고는 조심스러운 어조로 말했다.

"사장님, 말씀 중에 죄송합니다."

"그래, 갑수야, 수고가 많다."

"감사합니다."

"무슨 일 있냐?"

"손님 중 로얄살루트 38년산을 찾는 분이 있어서요."

"뭐? 38년산? 누가? 홍 회장님이라도 오셨나?"

"아닙니다. 처음 보는 젊은 사람입니다."

"그래? 돈은 있어 보이디?"

"이미 6백만 원을 낸 상탭니다."

"그으래?"

조철권이 함기정을 쳐다보았다. 술이 있냐고 묻는 눈치다.

"있어요, 딱 한 병."

"그럼 내줘."

"아, 그, 그게⋯⋯."

"왜? 더 비싸?"

"아뇨, 그거 형님하고 저 그리고 달식이, 셋이서 만난 지 10년 되는 날에 마시려고 꿍쳐 둔 거란 말이에요."

"하! 그렇게 깊은 뜻이 있었어?"

"쳇! 비밀로 하려고 했는데 들켜 버렸네요. 하여간 그건 안 돼요."

"하하핫, 인마, 안 되긴. 마음만 받으면 됐지, 꼭 그걸 받아 마셔야 맛이냐? 글고 우리가 언제 양주 마셨어? 난 소주면 족해. 그거 목구멍에 넘겼다간 제명에 못 살 거다. 그러니 내줘."

"아쒸, 비싼 건데……."

"얼마 줬는데?"

"150만 원요."

"헐! 니가 나보다 간이 훨씬 큰가 보다. 150만 원씩이나 지르다니 말이다."

"히힛, 같이 꺼내 볼까요, 누가 큰지 함 대보게요."

"그건 좀 더 살아 보고. 그거 우리가 팔면 얼마 받으면 되냐?"

"글쎄요, 팔아 보질 않아서……."

"갑수야, 그 친구 누가 담당이냐?"

"서태지가 맡고 있습니다."

"태지가 누굴 앉혔지?"

"그것도 사장님 허락을 받아야 해서 아직……."

"아니, 왜?"

"아무래도 수연이를 앉혀야 할 것 같아서요."

"수연이? 걔 학교 갔잖아?"

"오늘은 강의가 없는 날이라고 지금 대기실에 나와 있습니다."

"어? 그런가? 근데 왜 하필 수연이야?"

"손님이 얼굴이 예쁜 것보다 머리에 먹물이 든 여자를 옆에 앉혀 달라고 해서요."

"골 빈 여자는 싫다?"

"형님, 수연이 걔가 돈이 필요한 아이니 앉히지요. 오죽했으면 야간대학 다니면서 여기 나오겠습니까?"

"나도 알아. 계집애가 도와준다고 해도 싫다고 하니 어쩔 수 없이 일하라고 하긴 했지만, 처녀가 남정네 손을 많이 타서 좋을 게 하나도 없으니까 그러지."

"그렇다고 기껏 일하러 나왔는데 맹숭하게 있다가 돌아가게 할 수는 없잖아요."

"흠. 갑수야, 결혼한 것 같디?"

"그게 애매해요. 한 것도 같고 안 한 것도 같아서 뭐라고 말씀드리기가 좀……."

"그래, 요즘은 애 둘 달린 아줌마들도 처녀 같더라."

"맞아요. 저도 가끔 헷갈릴 때가 있더라구요. 갑수야, 질퍽거리게 생겼냐?"

"그건 자신이 없습니다. 겉보기에는 멀쩡해 보이긴 합니다만……."

"술이 들어가면 모르겠다 이거네?"

"말은 이렇게 했답니다. 자기도 신사적으로 대할 테니 술을 따르면서 대화를 나눌 수 있는 여자를 앉혀 달라고요."

"뭐야? 조물락거리려고 온 놈이 아녔어?"

"제가 봐도 그럴 것 같지는 않아 보입니다만, 술이……."

"그건 글치. 근데 수연이 몫 정도는 줄 것 같으냐?"

"이미 백만 원을 내놨습니다."

"헐! 졸부 자식인가, 뭔 돈을 그렇게 펑펑 써대? 형님, 보내죠 뭐."

"그래, 백만 원이면 적은 돈이 아니지. 갑수야, 수연이 보내고 니가 틈틈이 좀 지켜봐라."

"옛, 사장님!"

"아, 글고 적당한 시기를 봐서 내가 인사하고 싶어 한다고 전해라. 서비스 안주도 제공하고."

"옛, 알겠습니다!"

맞다. 그렇게 하는 것이 매상을 많이 올려 주는 손님에 대한 예의다.

아울러 간단하나마 서비스 안주를 제공하는 것은 일종의 답례고.

나도 PA 요원이 필요하다

자정 무렵이 됐을 때, 로얄살루트 한 병을 거의 다 비운 담용의 얼굴도 어느 정도 불콰해져 있었다.

그런데 때아니게도 오늘 대화 상대로 앉은 수연이와 옥신각신하고 있었다.

"3시간 넘었잖아? 이제 그만 가라니까 그러네."

"싫다니까요."

"돈도 다 받았는데 계속 앉아 있는 이유가 뭐야?"

"그냥 오빠하고 더 있고 싶어서 그런다니까요."

"너, 다른 손님도 받아야지."

"오빠가 준 돈으로 충분해요. 아니, 넘치죠."

언제부터 오빠, 동생이 됐는지 수연이 연방 오빠라는 말을 입에 달아 놓고 있었다.

"너도 참 돈 벌긴 글렀구나."

"히히힛."

쭈우욱.

탁.

담용이 단숨에 술을 털어 넘기자, 수연이 재빨리 육포 한 조각을 입에 넣어 주었다.

"근데 아직도 말 안 해 줄 거예요?"

"너도 참 끈질기다. 내가 말하면 믿기나 하겠냐?"

"오빠 말이라면 믿을 게요, 호호호."

"일없다. 술집에서 그런 거 묻는 거 아니다. 넌 지금 금기를 범하고 있는 거라고."

"헹, 난 그런 거 안 따져요."

수연이 혀를 쏙 내밀고는 다시 담용의 잔을 채웠다.

"그럼 제가 알아맞혀 볼까요?"

"어려울걸."

"스무고개로 할게요. 결혼했어요?"

"아니, 하지만 애인은 있어."

"피이! 아예 원천 봉쇄를 해 버리는군요."

"진짜라니까."

"좋아요. 뭐, 그건 두고 보면 알 일이지요. 개가 지키고 있다고 해서 족제비가 닭장에 못 들어가는 건 아니니까."

"헐! 말이 너무 무시무시하잖아?"

"오빠는 제가 안 예쁜가 봐요."

"예뻐."

"근데 왜 그리 무덤덤해요?"

"애인이 있어서이기도 하지만 넘봐야 그림의 떡일 뿐인데 아예 포기하는 게 건강에 좋잖아?"

"저…… 화중지병 아니거든요?"

"아니면?"

"저를 탁 쳐 봐요, 어떻게 되나."

슬쩍 건드려도 달려들 거라는 말.

"한 대 치면 자빠지기밖에 더하겠어?"

"그럼 쳐 볼래요?"

"싫다. 난 오로지 일편단심인 사람이다. 다음 질문?"

"칫! 어디 두고 보자고요. 갑자기 부자가 된 집안이에요?"

"아니."

"공무원이에요?"

그러면서 슬쩍 다가앉는다. 어지간히 담용이 마음에 들었던 모양이다.

"스톱!"

"안 닿았다고요."

"신사협정을 위반하면 곤란하지."

담용이 수연이 다가선 만큼 떨어져 앉았다.

유흥업소에 와서 여자를 마다하는 것이 격에 맞는 행동은 아니지만 이곳으로 온 자체가 의도한 바가 있는 터라 괜한 짓으로 본질을 흐리고 싶지 않았던 것이다.

여자를 앉힌 이유는 3시간 동안 무료함을 때워 줄 대화 상대가 필요했기 때문이다.

"칫, 대답하지 않는 걸 보니 공무원이 맞구나. 그죠?"

"스무고개라며? 그렇게 노골적으로 묻는 건 반칙이잖아?"

"What? Is that so(어, 그런가요)?"

"No doubt(당연하지)!"

"Oh! my mistake, I'm sorry(나의 실수, 미안해요)."

"Hm, Pretty so I'm gon na let it slide(흠, 예뻐서 봐준다)."

"Yeah, and it, thanks(예, 고마워요)."

"You're welcome. My heart is humans just like the ocean wide(천만에. 나는 가슴이 바다같이 넓은 사람이거든)."

이렇듯 3시간을 동석하는 동안 서로가 심심하면 영어로 대화하며 문답을 이어 가곤 했다.

담용이야 영어에 통달했다지만 수연 역시 영문과 출신이 아님에도 불구하고 대화가 능숙할 정도로 재원이었다.

담용은 그래서 굳이 말하지 않아도 수연이 사정이 있어 야간 업소에 나와 돈을 번다고 지레 짐작했다.

직원들이 수연을 대하는 것만 봐도 그랬다.

"호호홋, 진짜 가슴이 바다같이 넓어요?"

"안 그래 보여?"

"그럼 나 한 사람 퐁당 빠져도 표시가 안 나겠네요?"

"어? 얘기가 왜 또 그쪽으로 빠지는 건데?"

"히잉, 오빠랑 얘기를 나누면 나눌수록 마음이 자꾸 가는 걸 어떡해요?"

"에구구, 이러다가 뭔 일 나겠다. 그리고 너, 이런 술집 나오면서 그런 마음을 가지고 있으면 못쓴다."

"칫! 절대 안 그래요."

"안 그러긴? 날 언제부터 봤다고 마음부터 주고 그래? 너, 헤픈 여자냐?"

"에? 절대로 아녜요! 오빠가 제게 마약 같은 사람이라서 그런 거예요."

"나 마약 같은 거 안 하는 사람이다. 이제 그만 가라. 나도 이만 집에 가야겠다."

"아이, 조금만 더 같이 있어요. 네?"

"오늘은 평일이다. 이 말이 뭔 뜻인지 알지?"

"내일, 아니 오늘이구나. 암튼 출근해야 한다는 말이잖아요?"

"잘 아네. 너도 학교 가야 하잖아?"

"야간 대학이라 괜찮아요."

"순 먹고 대학생이구먼."

"헤헤헷."

'그래도 밝은 성격이긴 하네.'

사실 술을 못 마시는지 입술만 적시고 처음 따라 놓은 양이 그대로 차 있었다.

유흥업소에 나와 돈을 벌어야 하는 처지임에도 성격이 모난 데가 없이 명랑해 보였다.

"아무튼 네 덕분에 심심하지 않아서 좋았다."

"정말 가려고요?"

"그래."

'근데 이 자식은 왜 코빼기도 안 보이지? 뭐, 오늘만 날이 아니니까.'

"웨이터!"

"어이구, 이제 가시려고요?"

"……?"

여태껏 시중을 들던 웨이터 서태지의 음성이 아니라고 여긴 담용이 고개를 돌렸다.

'이놈도 참 끈질기네. 이제야 얼굴을 내비치다니.'

너털웃음을 흘리며 나타난 이는 조철권이었다. 무려 3시간 반 만에 얼굴을 내민 것이다.

그의 뒤로 '범생이' 인상의 사내와 서비스 안주가 든 쟁반을 든 웨이터가 서 있었다.

"누구슈?"

"오빠, 우리 사장님이세요."

바인더북

"아, 그래? 반갑소."

담용이 먼저 손을 내밀었다.

"이 업소를 책임지고 있는 조철권이오."

"육담용이라는 놈팡이요."

"하하핫, 재미있는 표현이오."

"뭐, 나야 이런 번듯한 업체를 가지고 있지 않으니까."

"하핫, 괜찮다면 잠시 앉아도 되겠소?"

"자주 이러는 편이오?"

"그렇지는 않소만…… 싫으시다면 성의만 내려놓고 가지요."

"아, 난 늘 나 자신을 비싼 사람이라고 착각하고 사는 사람이라 좀 가리는 편이라서 그러니 오해하지 마시오."

"나도 사람을 가려서 앉을 자리만 앉는 성격이라오."

"그렇다면 빨리 앉지 왜 그러고 서 있소?"

"하하핫. 오랜만에 유쾌하군. 태지야, 그거 여기 놔라."

"옛!"

"어? 서비스 안주요?"

"약소하오만 내 성의요."

성의가 담기긴 한 것 같다. 대개는 서비스라고 내놓는 안주가 포장도 뜯지 않은 마른 김에다 땅콩 같은 견과류 조금 그리고 과일 쪼가리 말린 것 등이다. 근데 앞에 놓인 안주는 과일로 풍성하게 채운 데다 각각의 모양으로 조각까지 해 놓았다.

"훌륭하오. 그렇다면 나도 가만히 있을 수 없지. 웨이터!"

"옛, 사장님."

"거참, 나 사장이 아니라니까 왜 자꾸 그렇게 불러? 아무튼 이거 받아."

지갑에서 10만 원짜리 수표 두 장을 건넸다.

"아, 아닙니다, 사장님. 봉사료는 이미 충분히 받았습니다."

"그건 이미 약속한 3시간이 지났으니 계약이 끝난 거고, 이건 여기 사장님과 같이 자리할 때까지만 수고해 달라는 봉사료니까 받아. 안 받으면 일어나서 나간다."

기왕에 팍팍 쓰기로 한 것 담용은 초지일관 대범하게 나갔다.

사람 하나를 얻는다는 것이 결코 쉬운 일은 아니니까.

툭.

함기정이 눈치를 보는 웨이터를 슬쩍 건드렸다.

"아, 예. 감사합니다."

"그래야지. 그리고 이거 한 병 더 가져오고."

"……!"

지갑에서 또다시 5백만 원짜리 수표를 꺼낸 담용이 눈이 찢어지도록 크게 뜬 채 눈치를 보는 웨이터에게 강제로 쥐여 줘 버렸다.

"하하핫, 통도 크고 대범도 하고……."

"오늘만 그런 거지 원래는 쫀쫀한 놈이오."

"그렇다면 오늘이 육 사장님에게 특별한 날인가 보오이다."

"어떻게 보면 그렇다고 할 수도 있겠소."

"근데 38년산은 방금 마신 게 마지막이오. 대신 21년산은 어떻소?"

"뭐, 분위기를 깨기도 그러니 아쉽지만 어쩌겠소?"

"태지야, 들었냐?"

"옛!"

"거스름돈 빠뜨리지 말고 가져다 드리고."

"아 아, 돈이 남는다면 수연이에게 주시오."

"오, 오빠, 난 그만 줘도 돼요."

"아니다. 넌 오늘 충분히 값어치를 했다. 저건 보너스로 주는 거니까 암말 말고 받아. 그리고 이제 너는 가라. 나는 너희 사장님하고 한잔 더 하고 갈 테니까."

"싫어요."

"그럼 손님인 내가 나가리?"

"히잉."

"그래, 수연이도 이제 퇴근해라."

"아이, 사장니임……."

"그만!"

조철권이 자신의 팔을 붙잡으며 코맹맹이 소리로 애교를 부리는 수연을 단칼에 잘랐다.

"말 들어. 준호야, 수연이 퇴근시켜."

"옛!"

　지배인인 준호가 빙긋 웃으며 나오라는 표시로 밖으로 손을 뻗었다.

"히잉, 사장님, 나빠요."

　입술을 삐죽거리며 자리를 떠나는 것이 못내 아쉬웠던 수연이 나가려다가 멈추고는 담용에게 말했다.

"오빠, 또 올 거죠?"

"봐서."

"보긴 뭘 봐요. 반드시 오셔야 해요, 알았죠?"

"뭐, 언제일지는 약속할 수 없지만 한 번은 들를게."

"히히힛, 남자가 두말하면 안 돼요."

"내가 한 말은 지킨다. 그러니 술맛 떨어지게 하지 말고 어서 가."

"칫! 사장님, 저 갈게요."

"그래, 택시 타고 가."

"네에―!"

　수연이 자리를 벗어날 때, 웨이터가 술을 가져왔다.

　술병을 가로채듯 건네받은 담용이 뚜껑을 따고는 조철권의 잔에 따라 주었다.

쪼르륵.

"언제까지가 영업시간이오?"

"딱히 정해진 시간은 없소. 손님이 있으면 계속 여는 것이고 없으면 지금이라도 닫소."

"그럼 나밖에 없는 것 같으니 닫는 건 어떻소? 평일이라 더 올 것 같지도 않은데 말이오."

담용의 말에 홀을 돌아본 조철권이 휑한 걸 보고는 쾌히 응했다.

"그럽시다. 준호야, 문 닫아라."

"예."

"자, 육 사장님도 한 잔 받으쇼."

"술이 좀 과한데……."

엄살을 부리면서도 잔이 차자 곧바로 털어 넣는 담용이다. 여태껏 견딘 것도 모두 차크라의 기운 덕이었다.

"나야 보다시피 물장사를 하지만 육 사장님은 직업이 뭐요?"

"나요?"

"하핫, 원래는 손님의 직업을 잘 묻지 않는데 괜히 궁금해서 그러오."

딱 보기에도 돈을 하룻밤에 1천만 원씩이나 펑펑 써 댈 것 같지 않아서 하는 소리였다.

뭐, 그렇다고 딱히 없어 보이는 것도 아니었지만 많이 과한 건 사실이었다.

"대답하기 싫다면 안 해도 상관없소."

"흠, 백수는 아니오. 그런데 직장이…… 좀 거시기한 곳이라오."

"그렇게 말하면 인연이 오늘까지라는 말로 들리오."

담용의 대꾸가 별로 성의가 있어 보이지 않아 그런 느낌이 들었다.

"하핫, 조 사장님이 하기에 따라 인연이 계속 이어질 수도 있다면 믿겠소?"

"내가 하기에 따라서 인연의 가부가 결정된다면 나야 돈잘 쓰는 손님을 놓치고 싶지 않은 게 당연하니 마음이 상하지 않게 대접해야겠지요."

사실이 그랬다.

오늘 처음 온 손님이지만 벌써 1천만 원이란 거금을 스스럼없이 뿌렸으니 초면, 구면을 떠나 봉도 이런 봉이 없다.

마음을 상하게 해서 놓친다면 당연히 손해다.

"내가 어떻게 하면 마음에 들겠소?"

"오해하지 말고 들을 수 있겠소?"

"흠, 자존심만 건드리지 않으면."

"그럴 맘은 추호도 없소."

"그럼 말해 보시오."

"조 사장님이 이 바닥에서 철권으로 불린다고 들었소."

"어?"

담용의 말이 느닷없었던지 조철권이 흠칫했다. 동시에 뒤에 시립해 있던 함기정도 눈살을 찌푸렸다.

아현동에 와서 겁도 없이 철권이란 별명을 입에 올린다는 건 금기나 마찬가지여서다.

그게 아니라면 주먹에 자신이 있거나 혹은 뭔가 부탁을 하기 위해 방문한 것이다.

"쯧. 그래서 오해하지 말고 들으라고 한 거요."

"오해도 오해 나름. 어디서 왔소?"

찌푸린 미간을 펴지 않은 조철권의 물음에 담용이 자신의 잔에 스스로 술을 채우며 말했다.

"주위를 좀 물려 줄 수 있소?"

"초면에 애들을 물릴 만큼 중요한 얘기가 있으리라 생각하지 않소만……?"

"아, 아. 조 사장 때문에 그런 게 아니라 순전히 나로 인한 거요. 그리고 나로서는 그렇게 해 달라고 할 수밖에 없는 입장이오."

"흠, 우린 빙빙 돌려 말하는 걸 태생적으로 싫어하오."

빨리 본론을 말해 보라는 은근한 압박이다.

"나도 그렇소. 뭐, 설마 나를 위험인물로 여기는 건 아니겠지요?"

"하, 하하, 하하핫. 나…… 조철권이오."

어이가 없어 웃었지만 말투는 자존심이 물씬 묻어났다. 협박은 통하지 않는다는 얘기.

"기정아, 자리를 좀 비켜 줘라."

"옛! 다들 할 일들 해."

함기정도 조철권을 믿는지 두말없이 직원들을 데리고 멀찍이 물러났다.

"자, 애들도 물렸으니 내게 용건이 있으면 말해 보오."

"그러지요. 우선 이걸 좀 봐 주시겠소?"

담용이 자신의 국정원 신분증을 조철권 앞으로 내밀었다.

아예 톡 까놓고 말하는 것이 조철권의 마음을 움직이기 쉬울 것 같아 신분부터 밝혔다.

"······?"

난데없이 신분증 쪼가리를 내미는 담용이 이상했는지 의아한 기색을 띠던 조철권이 이를 확인하는 순간, 대번 표정이 일그러졌다.

"구, 국정원?"

정말 난데없다고 여기는 기색이 역력한 얼굴이다.

"날 잡으러 온 거요? 아니, 우리가 책잡힐 일이라도 한 거요?"

절레절레.

조철권의 황당해하는 마음을 이해한 담용이 빠르게 고개를 저었다.

"그럴 리가요."

"한데 왜……?"

"조철권, 당신의 도움을 좀 받을까 하고 왔소."

"하! 내가 어떤 사람이라는 걸 알고도 말이오?"

"당신이 뭘 하는 사람인지는 상관이 없소. 난 나를 도와줄 적당한 인물이 필요해 찾아온 것뿐이니까."

조 사장님이란 호칭이 당신으로 바뀌면서 담용의 표정이 싸늘해지기 시작했다. 신분을 밝히는 순간부터 서로 노는 물이 다름을 인식시켜 주기 위해서다.

"뭔 일인지는 모르지만……."

담용의 표정이 달라지는 것을 본 조철권이 말끝을 흐리더니 인상을 굳히고 말을 이었다.

"내가 거절한다면 어떡할 거요?"

곧 죽어도 순순히 따르는 일이 없을 거란 당찬 눈초리다.

최악의 경우부터 묻는다는 건 담용에게 그만한 각오도 불사하겠다는 뜻으로 다가왔다.

'풋!'

그래 봐야 피라미다.

하지만 잠깐 대해 본 성격은 마음에 들었다.

한번 삐딱선을 타면 그 자리에서 콱 고꾸라지는 한이 있어도 숙이고 들어오지 않는 성격이다.

담용은 그런 성격이 마음에 들었다.

그래서 작심을 하고 적당한 기회에 자신의 능력을 조금 드러내기로 마음을 먹었다.

처음에는 철권이란 이름답게 주먹으로 해결하려고 마음을 먹었지만, 그의 자존심까지 꺾고 싶지는 않았다.

차크라의 나디를 이용하면 한주먹거리도 안 될 것이나 어떻게 보면 반칙이다.

하지만 막상 대결에 들어가면 각자의 능력을 발휘하는 것이니 딱히 반칙이라 할 수도 없다.

"하핫, 빤하지 않겠소?"

"……!"

"거절하는 그 순간부터 당신은 지금의 평화를 누리지는 못할 거요. 우린 목적 달성을 위해서는 인정사정없는 사람들이니까."

"그렇다면 이 조철권을 잘못 봐도 한참 잘못 봤소. 난 짓누르면 짓누를수록 강한 용수철이 되는 성격이니 말이오."

처음보다 더 차분해진 조철권이 주먹을 불끈 쥐어 보였다.

얼핏 느끼기에도 국정원이 아니라 국정원 할아비라도 두려워하지 않겠다는 결의를 내보이는 것 같다.

물론 제의를 거절했을 때는 저런 결의도 힘을 쓰지 못하겠지만 말이다.

'대단하군.'

사실 이러기가 쉽지 않은 일이다.

바인더북

여느 사람 같으면 국정원에 빌붙어서 어떤 식으로든 이득을 보려고 하는 것이 일반적일진대 조철권의 성격은 그 흔한 상식을 파괴하고 있었다.

기실 담용이 신분을 밝힌 이유는 정광수 팀장에게 들은 말을 참고한 것으로, 자신도 PA 요원을 밑에 두고 싶은 마음에서였다.

기석이파로 인해 PA의 필요성을 느끼기도 했지만, 정광수 팀장에게 듣는 순간 이미 그러기로 마음을 굳힌 뒤였다.

원래는 조철권을 명국성처럼 부하로 삼아서 기석이파의 한 축을 흔들어 볼 속셈이었다.

물론 조철권을 굴복시키는 수단은 힘으로 찍어 누르는 억압이었다.

그러나 '갈대의 순정'에 와서 업소가 돌아가는 분위기를 본 결과, 여느 유흥업소와는 다르게 가족적이라는 점이 담용의 마음을 바꾸게 만드는 계기가 됐다.

그래서 직설적으로 말하지 못하고 빙빙 돌려 말하느라 담용은 그대로 심력을 소모하고 있는 중이었다.

"난 당신을 거저 얻을 생각은 없소. 그래서 당신이 내 파트너가 되기 전에 제안을 하나 할 테니 들어 보겠소?"

'파트너? 국정원에 그런 것이 있나? 그것도 일반인에다 조직폭력배이기까지 한 나를?'

도통 이해가 가지 않았지만 들어나 보자는 심정으로 응했다.

"말해 보시오."

뭐, 조철권도 고집을 부려서 좋을 것이 없음을 아는지라 사납게 떴던 눈빛도 가라앉혔다.

사실 그도 국정원이 마음만 먹으면 자신이나 업소들이 하루아침에 '아작'이 나는 것은 일도 아님을 모르지 않았다.

문제는 어떤 내용이든 국정원이 관심을 가졌다면 좋든 싫든 결말을 봐야 한다는 점이다.

"철권이란 이름이 당신이 노는 바닥에서 꽤 유명한 걸로 아오. 그 증거로 최근 기석이파가 아현동만 제외하고 마포구와 여의도를 일통했다는 점을 들 수 있소. 이 말은 아현동의 철권이 껄끄러워 함부로 침범하지 못하고 있다는 뜻이오. 내 말이 맞소?"

"나 때문인지는 모르지만 기석이파가 내 구역에 감히 침범하지 못하는 것은 맞소."

"그래서 말인데…… 당신과 내가 일대일로 맞붙어 보는 건 어떻소?"

"나와 일대일로 싸우잔 말이오?"

"그렇소."

"싫소."

국정원 요원과 싸워 이기든 지든 남는 게 없는데 응할 이유가 없다.

"아, 아. 이유나 들어 보고 가부를 결정해도 늦지 않소. 지금 내가 할 일이 없어 여기서 이러고 있는 것은 아니니 말이오."

공사다망한 중에 짬을 냈다는 얘기.

"이런 제의를 하는 건 당신이 일대일로 겨루는 낭만을 아직까지도 고수하고 있다는 것을 높이 사기 때문이오. 아울러 당신은 자신의 주먹을 넘어서지 못하는 사람 밑으로는 때려 죽어도 들어가지 않는다는 것 또한 감안한 제의요."

조철권의 체면을 세워 주며 은근하게 부추기는 담용이다.

"흠, 좋소. 둘 중 누가 이기고 지든 승부가 났다고 합시다. 그다음은?"

"내가 이기면 당신은 내 일을 도와주면 되오. 반대로 당신이 이기면 내가 책임지고 구역을 보호해 줌과 동시에 공무상 문제가 있을 시 뒤탈이 없도록 해 주겠소. 나아가 식구들 역시 관제에 엮일 경우 뒤를 봐주겠소. 어떻소? 공평하지 하지 않소?"

구역을 보호해 주는 것이야 잘 모르겠지만 식품위생법이나 소방법 등의 공무에 얽힌 일과 관제, 즉 법적으로 문제되는 일 등은 도움이 될 것 같았다.

눈이 혹할밖에.

"정말이오?"

들어 보니 손해날 것이 없어 보여 대뜸 확인하는 조철권이다.

"그렇소. 아마 승부가 나면 내 말을 실감하게 될 거요."

"일이란 게 주로 어떤 거요?"

"무슨 일이겠소, 국가를 위한 일이지. 그 일이 설사 잔인
하다고 해도, 상식에 어긋난다고 해도, 불법이라고 해도 모
두 국가를 위한 일임을 보증하겠소."

'내가 국가를 위한 일을 한다고? 더구나 깡패가?'

이게 말이 되나 싶었지만 국정원 요원이 할 일이 없어 여
기까지 오지는 않았을 것이다.

"대체 국정원에서 이렇게까지 하는 이유가 뭐요?"

"이유? 간단하오. 업무가 너무 많아 그렇소. 대답이 됐
소?"

"기대했던 대답치고는 너무 싱겁지만 딴은 그것도 이유가
된다고 억지로 이해하겠소. 근데 내 상대가 되리라고는 생각
하지 않소만……."

국정원 요원의 일을 거든다는 것에 마음이 혹하긴 했지만
조철권은 지고 싶은 마음은 전혀 없었다.

"훗! 싸우기 전에 믿을 만한 뭔가를 내보이라는 거요?"

"내 주먹은 그리 약하지 않소. 그러니……."

상대가 될 만한 패를 꺼내 보리는 뜻.

"먼저 나서기 뭣하다면 내 솜씨를 먼저 보시려오?"

"그래 주겠소?"

슈욱!

담용의 말이 끝남과 동시에 조철권의 수도가 빈병으로 남은 로얄살루트 38년산의 병목을 횡으로 쳐 버렸다.

'퍼억' 하는 소리와 함께 동강 난 병목이 테이블에 떨어져 데구루루 굴렀다.

하지만 병목이 날아간 술병은 미동도 않은 채 그대로 그 자리를 지키고 서 있었다.

게다가 들쑥날쑥 거칠어야 할 병목의 표면이 매끄럽지 않은가?

가히 엄청난 스피드에 이은 파괴력이 아닐 수 없다.

짝짝짝.

"훌륭하오. 그런 의미에서 한 잔 따르겠소."

쪼르르륵.

"이건 눈이 호강한 값으로 따른 것이니 성의로 알고 드시오."

담용이 자신의 잔을 들어 조철권의 술잔에 부딪치고는 한입에 탁 털어 넣었다.

"안 드시오?"

"……?"

담용이 권하는데도 술잔에 손도 대지 않고 있는 조철권의 미간이 살짝 좁아져 있었다.

그도 그럴 것이 담용이 놀라기는커녕 천연덕스럽게 구는

행동이 의심스러워서였다.

"아, 드시라니까 그러네."

틱. 쭈우우욱.

담용의 채근이 있어서야 마지못해 술을 털어 넣은 조철권이 빤히 쳐다보며 기대에 찬 눈빛을 보내왔다.

마치 너는 뭘 보여 주겠느냐고 묻는 눈치다.

"하핫, 이번엔 내 차롄가?"

'쩝, 이걸로 굴복해 주면 좋겠는데…….'

내심은 그랬지만 멋쩍게 웃은 담용이 오른손을 들어 엄지와 중지를 모았다.

꼭 아이들 구슬치기나 딱밤 먹이기 모양새였다.

남아 있는 로얄살루트 21년산의 병목에 갖다 댄 담용이 손가락을 슬쩍 튕겼다.

순간, '틱' 하는 소리가 들렸다.

한데 병목이 마치 원래부터 바닥에 놓여 있었던 것처럼 날아가는 것이 아닌가?

게다가 로얄살루트는 꿈쩍도 하지 않았고, 잘려 나간 병목의 표면도 매끄럽기 짝이 없었다.

한데 그와는 비교도 안 되는 놀라운 일이 일어났다.

"허어억!"

헛바람을 불어 내며 눈이 찢어질 대로 커진 조철권이 자리를 박차고 일어선 것도 그때였다.

입을 딱 벌린 조철권의 눈에 본 적 없는 전무후무한 현상이 일어나고 있었던 것이다.

쪼로록. 쪼르르륵.

술잔에 술이 따라지는 소리다.

놀랍게도 중력을 거스른 술이 술병에서 두 줄기 분수처럼 솟더니 두 사람의 술잔을 채우고 있지 않은가?

"……!"

그야말로 초월적인 현상.

입을 딱 벌린 조철권이 눈도 깜빡 않고 잔을 채우는 물줄기를 멍하니 쳐다보았다.

손가락으로 병목을 날린 솜씨는 아예 까마득히 잊은 표정이다.

"이, 이게…….."

할 말을 잃은 조철권이 어찌할 바를 모르고 버벅댔다.

조철권이 어찌 대한민국 유일의 초능력자인 담용이 사이킥 파워로 텔레키니시스 중 아이템즈 컨트롤이란 수법을 시전하고 있음을 알 수 있을까?

더구나 나디의 조율이 조금은 거칠었던 예전과는 달리 지금은 조율이 보다 더 세밀해진 경지에 다다랐음을 증명하는 증거이기도 했다.

조철권의 외출 나간 정신을 일깨운 것은 담용이 태연하게 술을 입에 털어 넣는 동작이었다.

털썩.

"바, 방금 뭐, 뭐였소?"

무너지듯 자리에 앉은 조철권의 말투에 진득한 두려움과 맹렬한 호기심이 묻어 나왔다.

"갑자기 말더듬이라도 됐소? 왜 그리 떨고 그러오?"

"마, 마술사였소?"

"푸훗! 속임수로 보였소?"

"사, 상식적으로 말이 안 되지 않소?"

"그럼 이건 어떻소?"

말과 함께 담용의 시선이 홀을 한번 훑었다.

'아무도 없군.'

직원들이 알아서 피해 준 덕분에 홀은 둘만 덩그렇게 남아 있었다.

기회다 싶었던 담용이 재빨리 차크라를 운기해 텔레키니시스를 눈에 집중시켰다.

찰나, 홀에 비치된 집기들이 꿈틀꿈틀한다 싶더니 허공으로 부상하기 시작했다.

"아, 아니!"

벌떡!

또다시 경악한 조철권이 일어섰을 때, 의자 하나가 무시무시한 속도로 날아들었다.

"어엇!"

쿠당탕!

황급히 피하느라 소파에 걸려 넘어진 조철권의 머리 위로 아슬아슬하게 의자가 휙 지나갔다.

이어서 부메랑처럼 되돌아간 의자가 제자리를 찾았을 때, 부상했던 집기들이 소리 없이 내려앉았다.

그야말로 기함할 일은 담용이 차크라의 나디를 별개로 운용하는 절정의 경지에 이르렀다는 점이었다.

초능력을 시전하는 자체가 쉽지 않은 일이기도 했지만, 시전 중에 원하는 부분만 조율한다는 것은 고도의 집중과 조율이 수반되지 않으면 불가능했다.

즉, 한 단계 업그레이드된 초능력인 것이다.

"아! 뭐 하고 있소? 따라 놓은 술이 다 식겠구만."

틱. 틱.

삼혼칠백이 흩어졌는지 혼이 나간 표정으로 겨우 테이블을 짚고 일어서던 조철권이 다리에 힘이 들어가지 않는지 털퍼덕하고 바닥에 주저앉았다.

"서, 설명을 해 주시오. 방금 뭐, 뭐였소? 아니, 나, 나를 해치려고 했었소?"

"풋! 해치긴 왜 해친단 말이오?"

"하면 왜……?"

"아, 아. 의자를 날린 건 만약 내가 당신을 죽이려고 마음만 먹는다면 근처에 있는 아무것이라도 흉기로 사용할 수 있다는 뜻이었소."

바꿔 말하면 얼마든지 해칠 수 있다는 얘기다.

"헉!"

정말 그럴 것 같다는 생각이 든 조철권의 안색이 거무죽죽한 납빛으로 변했다.

"그리고 그게 아니더라도 당신은 내 상대가 되질 않소."

그렇게 말하면서 로얄살루트를 왼손에 쥐더니 오른손으로 손날을 만들어 테이블 정 가운데를 주욱 긋는 시늉을 했다.

"......?"

조철권이 뭔 짓거린가 싶어 눈에 힘을 두고 살폈지만 아무런 현상도 일어나지 않았다.

순간, '와작' 하는 소리가 나면서 반 토막이 된 목재 테이블이 그대로 무너져 내렸다.

'콰작' 하는 소음에 이어 술병과 술잔, 안주가 흩어져 바닥을 어지럽혔다.

"......!"

조철권은 더 놀랄 것도 없다는 듯 자신의 눈앞에 부서지고 널브러진 잔해를 넋을 잃고 쳐다보았다.

마치 그것만이 자신이 할 일인 것처럼 한동안 석고상이 되어 버렸다.

그런 와중에 방금의 현상이 결코 마술이 아님도 피부로 느꼈다.

'하긴 언제 이런 걸 봤어야지.'

꿈에라도 본 적이 없을 터였다.

남은 술을 비우며 잠시 기다려 준 담용이 입을 뗐다.

"방금 본 것은 모두 잊어야 할 거요. 무덤까지 가져가는 것은 물론이고."

끄덕끄덕.

여의도의 방아깨비가 아현동으로 이사를 왔는지 정신없이 고개를 끄덕이는 조철권이다.

"아, 알겠소."

"이 정도면 일대일로 싸울 자격이 되겠소?"

"아, 아니오. 내, 내가 졌소."

이미 기가 꺾인 상태라 싸워 보나 마나였지만 싸운다고 해도 손끝이라도 건드릴 수 있을까 싶었다.

더구나 자신보다 한참 어려 보이는 사람이 국정원 요원이 된 데는 뭔가 특별한 재주가 있어서일 것이라는 생각이 들었다.

"다시 한 번 말하지만 방금 본 것들은 국가에서 특급 비밀로 취급하고 있으니 입도 벙긋하지 말아야 할 거요."

"아, 예. 예."

무슨 말인지 알아듣고도 남았다.

달리 말하면 눈앞의 사내를 나라에서 보물로 취급하며 대우하고 있음을 눈치로도 알 수 있었다.

저런 건 아무나 지니는 능력이 아님을 어찌 모를까?

"자, 자, 우리 좀 더 자세하고 은밀한 얘기가 필요할 것 같소만……."

"아, 예. 예. 제, 제가 모시지요."

구렁이처럼 굼뜨던 조철권의 행동이 기민해졌고, 담용을 대하는 자세도 최대한으로 정중해졌다.

애먼 희생자

서초구 사당역 인근의 먹자골목.

저녁 식사로 순대국밥집을 나서는 김덕기와 유상곤은 이빨을 쑤시며 골목길을 걸어 사당역을 향하고 있었다.

"형님, 일본 애들이 나머지 돈을 지불하지 않을 수도 있겠소."

"그거야 세 명을 확인해 보면 결과가 나오겠지."

대꾸는 그렇게 했지만 김덕기는 애초 기대하지 않고 있었다.

"난 착수비로 끝날 것 같은 생각이 드오. 세 명 중에 지들이 찾는 놈이 있다고 하더라도 입을 싹 씻을 수도 있잖겠소?"

"하긴 애매하긴 하지."

"좀 불쌍한 생각이 드우."

"누가? 걔들?"

"아, 그렇잖소. 일본 애들이 여기까지 추적해 왔다면 그게 좋은 일이 것소? 복수하려고 찾아 달라는 것 아니냔 말이우? 돈을 뿌려 대는 것도 그렇고."

"고작 착수비 2천5백만 원을 가지고 뿌리긴 뭘 뿌렸다고 그래? 그것도 놈들을 추적하느라 이것저것 제하고 나니 절반도 안 남았구만."

"그걸 가지고 말하는 게 아니오."

"그럼?"

"아, 솔직히 구 영감이 우리한테 의뢰를 할 때는 놈들에게 짜웅 안 받고 정보를 줬겠냔 말이오."

"흠, 그거야……."

"모르긴 해도 한 장은 받았을 거요. 걔들이 우리나라에 머무는 동안 이런저런 부탁을 할 걸 대비해서 줬다면 푼돈일 리가 없단 말이지요."

"헐, 머리에 똥만 든 줄 알았더니 그런 짐작까지 말하는 걸 보면 영 맹추는 아니네."

"매, 맹추! 이 씨……."

"인마, 현역일 때는 그런 머리가 안 돌아가고 하필이면 떠나고 나서 돌아가냔 말이다."

"쳇! 그거야 그땐 형님이 뻑 하면 머리를 쥐어박는 바람에 총기가 흐려진 것 아니우?"

"흐이구, 퍽이나."

"아무튼 걔들 무사하기는 틀린 것 같수."

"그만해라, 이미 끝난 일이다."

이게 뭔 얘기냐 하면 무라카미의 의뢰를 받아 홍콩에서 한국으로 온 남성들을 추적했던 일의 결과, 김복주로 분한 담용 외에 두 명, 즉 합해서 세 명으로 좁혀진 걸 말하는 것이다.

무라카미 측이 제공해 주는 자료를 토대로 여러 가지를 종합해 본 결과로 도출된 일이긴 했지만, 문제는 딱히 찾는 용의자라고 자신할 수 있는 사람이 없다는 점이었다.

이는 고르고 고른 세 명 역시 마찬가지라 셋 모두 용의자로 알고 조치를 취할 것으로 짐작됐다.

이제 단언할 수 있는 것은 세 명 모두 무사하기는 글렀다는 점이다.

무라카미가 취조 끝에 범인이든 아니든 불문하고 그냥은 놔주지 않을 것임은 분명했기에 유상곤이 '틀린 것 같다'고 말하는 것이다.

"그래서 난 그 일은 머리에 지워 버릴라우."

"뭘? 걔들이 피해 보는 거?"

절레절레.

"그 일은 이미 끝난 거 아니우? 제 말은 일본 애들한테 잔금을 받는 걸 말하는 거우."

"헐, 아직도 그걸 기대하고 있었나?"

"쓰벌, 아무리 먹고살자고 하는 일이라지만…… 기분이 개떡 같소."

"……."

유상곤의 푸념에 할 말이 없는 건 김덕기도 매한가지여서 그저 묵묵히 걸을 뿐이었다.

사실 경찰 공무원으로 재직하다가 중도에 그만두다 보니 마땅히 할 일이 없었다.

전문 기술이 있는 것도 아니고 모아 둔 돈이 있는 것도 아니고 불명예퇴직이라 연금을 받는 것도 아니어서 수단과 방법을 가리지 않고서라도 돈을 벌어야만 했다.

그런 탓에 일의 성격이나 조건을 따지지 않고 할 수 있는 일이라면 무조건 받아들였다.

즉, 물불을 가리지 않고 닥치는 대로 의뢰를 받아 추적이든 뒷조사든, 심지어는 현역 시절 잡으려고 쫓아다니던 범죄자들과 협력해 경찰들의 뒤통수를 치는 일도 마다하지 않는 인생 밑바닥 길을 걷게 된 것이다.

배운 게 도둑질이라고 그것밖에는 마땅히 할 일이 없었던 것이 등을 떠밀었다지만, 그 죗값인지는 몰라도 이렇게 다리까지 절게 됐다.

"슬슬 일거리를 찾아봐야 안 되겠소?"

"그래야지."

"구 영감한테 전화를 넣어 보는 건 어떻수?"

구 영감은 경찰청의 구동기 치안감을 말했다.

"일이 생기면 알아서 연락하잖아?"

"그렇다고 감나무 밑에서 감이 떨어질 때까지 기다릴 수는 없지 않수? 그 전에 사달이 나도 날 거유."

"그렇긴 한데……."

사실 애들 대학 등록금이며 생활비 등 들어갈 곳이 한두 군데가 아니다 보니 표현은 안 했지만 김덕기도 고민이 많았다.

"형님, 구 영감이 일감을 한 군데 몰아주지는 않으리라 생각하우. 지금도 일감을 가지고 있을 거란 말이우. 그러니 형님이 전화만 하면 하나 던져 주지 않겠소?"

"알았으니까 그만 좀 주절거려라. 왜 이리 말이 많아졌어?"

"아, 나도 말 좀 합시다. 아닌 말로 구 영감이 내일이라도 지방경찰청장으로 가 버리면 어쩌려고 그러오? 가까이 있을 때 우려먹어야지. 안 그렇소?"

"고위직의 전보가 갑자기 이뤄지는 것도 아닌데 뭔 걱정이야?"

"하이고, 태평이슈."

"전보가 된다고 해도 그 양반을 밀어주는 **빽**이 튼튼해서 서울지방경찰청으로 가기 쉬워."

"그럼 차장으로 간단 말이 아니우?"

"그럴걸."

경찰청의 치안감이라면 김덕기의 말대로 서울지방경찰청 차장으로 전보될 수 있다.

만약 지방으로 전보된다면 서울이나 경기, 인천, 부산 등을 제외한 지방경찰청의 청장으로 보임되어 가는 직급이다.

"근데 너 왜 이리 말이 많아졌냐? 아주 시끄러워서 못 견디겠다."

"아, 알았수. 피곤한데 빨리 가기나 합시……. 엇! 뭐, 뭐……?"

갑자기 등이 서늘해지면서 모골이 송연해지는 느낌에 하던 말을 멈춘 유상곤이 위기를 감지하고는 황급히 돌아보려는 찰나다.

한데 돌아서기도 전에 느닷없이 '뻑' 하는 충격과 동시에 머리가 띵해지면서 뇌리가 백지처럼 하얘졌다.

곧이어 뒤통수로 극통이 느껴진다 싶은 순간, 자신의 의지와는 달리 다리에 힘이 쭉 빠졌다.

풀썩!

빈 부대처럼 유상곤이 앞으로 폭 고꾸라졌다.

때를 같이하여 유상곤보다 감각이 현저히 떨어지는 김덕

기 역시 영문도 모른 채 느닷없이 머리로 전해진 둔중한 충격에 '컥' 하고 외마디 비명을 토하고는 몸이 뻣뻣하게 굳은 채 넘어갔다.

순간, '퍽', '퍽' 하고 두 사람의 팔과 다리에 연거푸 타작이라도 하듯 몽둥이세례가 가해졌다.

"끄악!"

"커컥!"

혼미해져 가던 정신을 일깨우는 고통에 두 사람이 몸을 본능적으로 잔뜩 웅크릴 때, 몽둥이세례가 멈췄다.

이어서 '후다다닥' 하고 달아나는 발소리가 요란하게 들려왔다.

급습으로 두 사람에게 린치를 가하고는 번개같이 도주하는 범인들이었다.

"아얏! 사, 사람이 쓰러졌다―!"

"저, 저, 저놈들 잡아라―!"

뒤늦게야 이를 인지한 사람들이 당황한 채 소리를 고래고래 질러 댔다.

김덕기와 유상곤이 린치를 당한 그 시각, 담용은 그의 애마를 몰고 집으로 향하면서 미첼과 통화를 하고 있었다.

"예? 벌써요?"

-허, 어려울 것이 뭐 있나? 자금을 끌어모아서 이체만 시키면 되는걸.

"하핫, 그래도……. 아무튼 수고하셨습니다."

다행히 경락일 10일 전에 5억 달러가 법인 통장에 잔고로 남게 돼 마음이 놓이는 담용이다.

부탁은 했지만 은근히 염려하고 있던 참이라 가슴에 묵혀 뒀던 근심거리 하나가 사라진 셈이다.

-자네한테 그 말을 들으니 기분이 좋군그래.

"하하핫, 언제 올라오실 겁니까?"

-조금 일찍 올라가려고 하네. 연구실도 한번 들러 봐야 할 테니 말일세.

연구실이라면 남양주시 수동면에 있는 예전 모 기업의 연수원을 사들인 건물을 말함이다.

영암목장을 매입할 때 같이 사들인 곳으로, 생산된 우유를 분석 연구하는 시설, 각종 유제품을 생산하기 위해 마련한 연구실인 것이다.

"그게 언제쯤인데요?"

-왜? 가이드를 해 주려고?

"못할 것도 없지요."

-됐네. 미스터 안이 같이 가기로 했으니 자네는 자네 일을 보게.

"안상수가요?"

"그러네. 내 직원이 있는데 바쁜 자네의 시간을 빼앗을 수는 없지 않나?"

"하하하……."

―그리 알고 있게. 이만 끊네.

"예, 올라오시면 식사라도 같이 하시죠."

―그러지.

통화를 끝낸 담용이 휴대폰을 거치대에 거치하려고 할 때, 또다시 진동이 울렸다.

'어? 차 과장님이네.'

부탁한 것이 있었기에 얼른 휴대폰을 귀에 갖다 댄 담용이 반가운 어투로 입을 열었다.

"차 과장님, 접니다."

―하핫, 통화가 기십니다.

"아, 제가 통화 중에 전화를 했었군요."

―바쁘신 분이니 이해합니다.

"하하핫, 바쁘긴 한 것 같은데 영양가가 별로네요."

―일을 하다 보면 그런 기분이 들 때가 가끔 있지요. 하지만 그런 것들이 모여서 정보가 되고 실적이 되는 겁니다. 그러니 허투루 생각하고 지나치면 안 됩니다.

"하핫, 명심해야 할 말이네요. 그래, 부탁한 건 알아보셨습니까?"

-불행히도 절반의 성공이네요.

"절반? 아, 아, 창고는 아직이로군요."

　-맞습니다. 대화금고 사무실은 명동에 있습니다.

"명동요?"

　-예, 명동성당 건너편의 서울로얄호텔 근첩니다. 근데 아
직 영업을 하지 않고 있더군요.

"준비 중인 것 같네요."

　-아마도요. 위치는 문자로 보내 드리도록 하지요.

"놈들의 창고는 진척이 있습니까?"

　-아직입니다. 찾는 대로 알려 드리겠습니다.

"그냥 지나칠 일이 아니니 애를 써 주십시오."

　-염려하지 않으셔도 됩니다. 회사에서도 이익이 되는 일
이라 신경을 쓰고 있습니다. 특히 윗선에서요.

"하핫, 아무튼 수고해 주십시오."

　-아, 전할 게 아직 남았으니 끊지 마십시오.

"예?"

　대답을 하면서도 담용은 임무가 떨어진 건가 하는 생각이
들었다.

　-뉴스를 들었으면 아시겠지만, 통일당이 와해됐습니다.

"아, 그거……?"

　뉴스를 통해 듣긴 했지만 잊어버리고 있었던 일이다. 그
후의 일은 아는 게 없는 담용이라 얼른 물었다.

바인더북

"어떻게 됐습니까?"

ㅡ일망타진 중입니다. 잡아들인 인원만 무려 스물세 명입니다.

"힐! 그 정도로 많았습니까?"

ㅡ지금 추적 중에 있는 자들을 포함하면 더 많을 겁니다. 아무튼 담당관님께서 대단한 일을 하셨습니다.

"요원이라면 당연히 할 일이지요. 김철각은 어때요?"

김철각은 탈북자 신분으로 넘어왔지만 담용에 초능력에 의해 위장 탈북임이 밝혀진 인물이었다.

ㅡ하하핫, 정신을 차린 이후부터 계속해서 부인하고 있습니다. 자신은 그런 말을 한 적이 없다고요.

"녹음기를 들려줬겠군요."

ㅡ예. 그래도 부인하고 있는 건 마찬가지지만요, 하하하…….

"애쓰셨네요."

ㅡ별말씀을요. 그리고 한 가지 안 좋은 소식이 있습니다.

"예? 뭐죠?"

ㅡ수원 인계동에 거주하는 한상락 씨가 피살됐습니다.

"예? 누구요?"

뜬금없는 소식에 담용이 의아해했다. 그 이름이 자신과는 전혀 접점이 없어서였다.

ㅡ아, 제가 사정을 말하지 않고 미리 말씀드렸네요. 한상

락 씨는 담당관님과 홍콩에서 같은 시간에 비행기를 타고 온 사람입니다.

"아니! 그렇다면?"

—예, 짐작하는 게 맞을 겁니다.

야쿠자들의 짓임이 분명하다는 말.

조미연의 우려가 현실이 됐음을 인지한 담용이 버럭 소리 쳤다.

"이놈들이!"

분기탱천한 담용의 눈에 대번 핏발이 섰다.

'근데 왜 이리 빨라? 흑사회에 쫓기고 있는 놈들이.'

—그런데 놈들의 짓이 분명하다는 걸 알면서도 이를 증명 할 증거가 없습니다.

"증거가 없다고요? 그게 말이 됩니까?"

—사실 한상락 씨의 죽음이 우연인지, 아니면 정말 야쿠자 의 소행인지는 확신을 하지 못하고 있는 상황입니다. 다만 한상락 씨가 고문을 당한 흔적으로 인해 심증만 갖고 있는 거지요.

아직은 김덕기와 유상곤으로 인해 세 명으로 좁혀진 것을 모르는 상태.

"만약 우연이 아니라면 또 다른 희생자가 나올 수 있을 텐데요?"

—예. 그러지 않아도 그 점을 감안해서 경찰에 비상을 건

상태입니다. 가장 먼저 한 일이 그날 비행기를 이용한 사람들의 보호 조치에 들어간 것입니다.

"그래서는 해결이 안 될 겁니다. 놈들을 무조건 체포해야 피해자가 늘어나지 않을 겁니다."

─증거가 없는 한 그게 쉽지가 않습니다. 외교 문제로 비화되면 국회에서 또 그걸 가지고 씹어 댈 것이니까요.

그때 번개처럼 담용의 뇌리를 강타하고 지나가는 생각이 있었다.

'아! 맞다!'

김덕기와 유상곤.

'이런 바보 같으니!'

왜 이제야 그 생각이 났는지 가슴을 치며 통탄할 일이었다.

진즉에 두 사람을 잡아 상황을 물어봤으면 인명 피해가 없었을 것이 아닌가?

이는 아직 수사 계통에 뼈가 굳지 않은 담용의 한계로 인해 빚어진 참극이라 할 수 있었다.

더구나 유기적인 정보 교류가 없었다는 것 역시 인명 피해에 한몫했다.

그러나 자책은 나중의 일이다. 당장은 조치부터 해 놓고 따져 볼 일이었다.

"차 과장님, 당장 중부경찰에서 근무하다가 불명예 퇴직한 김덕기와 유상곤을 수배하십시오."

　-예? 그들은 왜……?

　"두 사람이 야쿠자의 의뢰를 받아 조사했습니다. 그러니 두 사람을 붙잡아 조사해 보면 몇 사람으로 압축이 됐는지 알 수 있을 겁니다."

　-아, 일전에 조미연이 말했던…….

　"맞습니다. 대성상사로 저를 찾아왔지요. 아마 저도 살해 대상이 되어 있을 겁니다."

　-알겠습니다. 당장 수배해서 잡아 오도록 하겠습니다.

　"야쿠자들은 제가 처리하지요. 브라보팀만 지원해 주십시오."

　-안 그래도 제가 부탁드리려고 했습니다. 그런데 놈들이 LD호텔에서 사라져 버려 수소문하려면 시간이 촉박할 수도 있겠습니다.

　"그건 이미 조치해 놨으니 맡겨 주십시오."

　정광수 휘하의 PA 요원들에게 맡겨 놨다는 말은 하지 않았다. 그 부분에 대해 더 깊은 내용을 모르기 때문이다.

　-알겠습니다. 저기…… 더 이상 희생자가 나면 매스컴에서 들고일어날 겁니다.

　"아, 아, 가급적이면 그 전에 처리하도록 하겠습니다."

　-저는 브라보팀장에게 연락해 놓지요.

　"어서 서두르세요. 늦으면 또 희생자가 생길 겁니다."

바인더북

－그렇죠. 끊겠습니다.

통화를 끝낸 담용이 한숨을 내쉬면서 버튼을 눌렀다.

"쩝, 또 외박한다고 구박받겠는걸."

당연이 구박은 혜린이 차지다.

－오빠예요?

혜린이의 목소리였다.

"응. 모두 들어왔어?"

－담민이만 빼고 다 들어왔어요.

"담민이는 왜 여태 안 들어왔어?"

－합숙 훈련이잖아요.

"아, 아, 맞다. 곧 육상 대회가 있다고 했지?"

담민이에게 들었었는데 까맣게 잊고 있었다.

－네. 초중고 육상 대회예요.

"언제지?"

－10월 27일 금요일부터 3일간 열린다고 하대요.

"그래? 한번 찾아가 봐야겠구나. 박 코치도 한번 볼 겸 말이다."

한창 성장기의 아이들인 데다 운동까지 하고 있으니 필요한 것이 많을 것이다.

학부모로서 지원을 해 줄 필요가 있었다.

－그렇게 해요. 근데 왜 안 들어오고 전화예요? 또 외박?

"어, 그렇게 됐다. 내일은 일찍 들어가도록 하마."

－고모도 있는데 웬만하면 들어오지 그래요?

"안 그래도 지금 집 근처까지 왔는데 급한 전화를 받아서 다시 되돌아가야겠다. 그러니 네가 잘 말씀드려 줘."

－알았어요. 근데 이런 사실을 언니가 알면 좋아할까 모르겠네.

"킁, 그것도 협박이라고 하냐?"

－히히힛, 알아서 하세요. 내 입이 열리고 안 열리고는 오빠의 성의에 비례하니까요.

"치사한 녀석. 알았으니까 입 딱 봉해."

－콜! 지퍼로 꽉 잠그고 있을게요, 호호홋.

"녀석. 고모는 뭐 하셔?"

－호호홋, 할머니랑 고스톱 치고 있어요.

"엉? 고스톱?"

－네. 두 분 다 티격태격하면서 시간 가는 줄 모르고 하루종일 고스톱 삼매경에 빠져 있는걸요.

"헐!"

－호호호, 10원짜리 고스톱인데 백 원만 잃어도 본전 찾아야 한다면서 두 분 다 결사적인 거 있죠.

"푸하하핫, 승부란 게 원래 그런 거다. 할아버지는 심심하시겠네?"

－웬걸요. 고모 응원한다고 정신이 없어요. 고모가 화투패를 잘못 내면 흥분해서 큰 소리도 막 치시고 그러셔요. 할아

버지의 그런 모습이 너무 귀여우신 거 있죠, 호호호…….

"얼? 할머니가 아니고 고모를 응원하신다고?"

－네, 할머니는 제가 응원하고 있고요.

상대를 바꿔서 응원한다는 것은 일종의 화합 차원이고 서먹함을 없애기 위한 배려에서 행해지는 일일 것이다.

그래서 집안에 어른이 계신다는 자체가 어쩌면 축복이라 할 수 있다.

'푸훗, 잘 어울리고 있다니 다행이군.'

"알았다. 불편한 건 없고?"

혹시라도 야쿠자들에게 해코지를 당할까 싶어 곰방대 할아버지 댁에서 지내게 한 탓에 묻는 것이다.

－견딜 만해요. 모두 가족인데요 뭐. 근데 언제까지 이래야 돼요?

"곧 해결될 테니 조금만 참아."

－알았어요. 가족들에게는 제가 잘 말씀드릴게요. 오빠도 조심하세요.

"그래, 끊으마."

새벽 2시의 대림동 차이나타운.

대림역에서 도보로 10분가량 구로공단역 방향으로 가다

보면 여기가 중국인지 한국인지 엄청 헷갈리는 곳이 오는데, 거기가 바로 차이나타운이다.

일찌감치 골목 초입에 도착한 정광수와 그의 팀원들이 자판기에서 캔 커피를 꺼내 마시며 연방 하품을 해 댈 때, 담용의 레인저로버가 당도했다.

차에서 내린 담용이 연신 하품을 해 대며 커피를 홀짝이고 있는 요원들을 보고 실실 웃었다.

"방금 퇴근했다가 다시 나온 기분이 어떻습니까?"

"쩝, 외박한 것보다 더 피곤한 경우죠 뭐."

"젠장, 마누라가 금방 나갈 거면 왜 들어왔냐고 하더군요."

담용의 물음에 정광수는 대답 끝에 하품을 해 댔고, 김창식은 투덜거리며 남은 캔 커피를 탈탈 털어 넣었다.

"시작하기 전에 배나 채울까요? 알아보니 여긴 가격도 저렴한 데다 양이 많은 것이 컨셉이더라고요."

"에구구, 담당관님, 우리 배 안 고픕니다. 빨리 끝내고 집에 들어가서 푹 자고 싶다고요."

고작해야 서로 한두 살 차이지만 그중 막내 격인 구동진이 엄살을 떨었다.

"어차피 지금 시작해도 여명 때쯤이나 끝날 겁니다. 뭐, 그래도 괜찮다면 바로 시작하지요. 대신 일이 잘 끝나면 오늘 하루는 제 특권으로 휴가를 드리도록 하지요."

"어? 저, 정말요?"

"그러고는 싶은데 그게 제 특권으로 가능한지 모르겠네요."

"아이구, 충분합니다. 이번 작전의 총대빵이시니 대빵 마음이죠 뭐."

"그 말…… 진짭니까?"

"하하핫, 담당관님, 구 요원의 말이 맞습니다. 다만 성과가 있어야 하루 휴가를 줘도 면목이 있을 겁니다."

"그렇다면 성과를 내야죠."

"계획이 있습니까?"

"계획은 처음과 마찬가지로 서로 상잔시키는 겁니다."

"예? 처음이야 가능했지만 지금은 좀……."

"하하핫, 우리가 흑사회에 정보를 주면 가능하지요."

"그건 알겠는데 그 방식이 문제죠. 정보를 준다고 해서 놈들이 덥석 물겠느냐고요."

"그것도 방법이 있습니다. 여기로 오면서 내내 그 생각을 했으니까요. 그보다 PA 요원들이 그들의 숙소를 찾았습니까?"

"당연하지요. 국내에서라면 웬만해서는 놓치는 법이 없습니다."

"짱깨들도요?"

"예, 펑다우가 운영하는 업소에 모여 있다고 했습니다."

"거기 남겨 뒀던 애들은요?"

"후후훗, 제가 퇴근하기 전에 경찰들을 시켜 커피숍에 불심검문을 하는 바람에 그만 야쿠자들을 놓쳤지요, 하하하…….."

최갑식이 통쾌하다는 듯 웃어 젖혔다.

"하하핫, 잘하셨습니다."

"그 정도 감각은 요원이라면 다 지니고 있는데요 뭘."

"야쿠자들의 숙소는 어딥니까?"

"세종문화회관 뒤편에 도해합명회사라는 상호가 적힌 5층 건물이 있는데, 그 바로 옆에 있는 로즈마리라는 모텔입니다."

'훗, 도해 녀석들이 초청한 일로 비롯된 일이라 그들이 숙소를 제공한 것 같군.'

정광수와 팀원들은 도해합명회사의 진정한 실체가 뭔지 알 턱이 없었다.

이제는 동료들이니 말해 줘도 상관없을 것이다.

"도해합명회사도 야쿠자가 설립한 회삽니다. 주로 사채를 업으로 하고 있지요."

"어? 그럼 한통속이라는 겁니까?"

"거의 그렇다고 봐야지요. 어쨌거나 지금은 당면한 일이 먼저니 거기에 집중합시다. 김창식 요원이 중국어를 잘한다지요?"

"예, 조금……."

"지금부터 김 요원의 역할이 중요합니다. 그 전에…… 잠시만요."

휴대폰을 든 담용이 단축 번호를 눌렀다.

−아이구, 지금 몇 신데 전화를 다 하시고…….

"하핫, 차 과장님, 곤히 주무시는데 깨웠습니까?"

−아, 마침 당직입니다. 잠시 졸았지요.

"잘됐네요. 지금 당장 LD호텔에 연락을 하셔서 우리 팀의 김창식 요원이 거기 직원임을 증명할 수 있도록 작업을 부탁드립니다."

−야쿠자와 관계가 있는 일입니까?

"예, 아마 이 일이 성공적으로 끝나면 놈들은 한동안 정신이 없을 겁니다. 대상이 된 사람들도 당분간은 안전할 거고요. 그사이 제가 놈들을 마무리하면 됩니다."

−알겠습니다. 김 요원이 역할을 하려면 어떤 직함이 좋을지요?

"그냥 파트 타임제로 일하는 계약직으로 하시죠. 언제든지 그만둘 수 있는 직함이 좋을 것 같으니까요."

−그럼 청소 용역 직원으로 하겠습니다.

"시간이 얼마나 걸리겠습니까?"

−10분이면 될 겁니다.

"그럼 20분 후에 투입하지요. 이상이 있을 때는 전화를 주십시오."

-알겠습니다.

통화를 끝낸 담용이 씨익 웃었다.

"들었지요?"

"하하핫, 정말 기발한 생각을 해내셨네요. 그러니까 김 요원이 정보를 제공하러 호굴로 들어가는 거네요."

"팀장님의 말이 맞습니다."

"그럼 제가 LD호텔의 직원이라면서 놈들의 숙소를 알려 주러 간다는 말이 아닙니까?"

"그렇죠. 대신 그냥은 안 되고 돈을 요구해야 합니다. 대략 2백만 원 정도로요."

"한 달 치 봉급이군요."

"용역 회사 봉급 정도라면 의심도 덜할 겁니다. 문제는 명함이 없다는 건데, 그걸 따지면 용역 회사 청소부가 무슨 명함이냐고 하세요."

"근데 저 혼자 갑니까?"

"하핫, 진의를 의심할 수 있습니다. 최악의 경우 확인할 때까지 잡아 두려고도 할 거고요. 그러니 위험의 소지도 없앨 겸 세 분 모두 가셔서 얼쩡거리는 게 어떻습니까?"

"그게 좋겠습니다."

"뭐, 돈을 안 주면 그냥 나오는 척하십시오. 아마 지금쯤 헛물을 켠 상태라 방방 뜨고 있을 테니 덥석 물 겁니다. 2백만 원이면 놈들에게 별로 큰돈도 아닐 테니까요."

"그렇게 말씀하시니 어째 담당관님이 흑사회 멤버 같습니다, 하하핫."

"하하하하……."

"뭐? 놓쳤다고?"

미행하던 야쿠자들을 놓치고 털레털레 돌아온 리우왕지의 보고에 우치엔이 화를 벌컥 내더니 손에 든 양꼬치를 내팽개쳤다.

"따거, 죄송합니다. 처음 들어간 커피숍에서 경찰의 불심검문을 받는 바람에 놈들이 호텔을 빠져나오는 것도 보지 못했습니다. 놈들의 숙소도 가 보고 사방으로 흩어져서 찾아봤지만 이미……."

리우왕지가 고개를 푹 숙였다.

"이런 빙신…… 미련하게 셋이 한꺼번에 모여 있으면 어떡하자는 거야?"

"면목이 없습니다."

쾅-!

"이제 어디서부터 시작할 거야?"

"따거, 너무 역정 내지 마십시오. 제게 한 가지 묘안이 있으니까요."

"엉? 팡보, 묘안이 있다고?"

팡보라 불린 사내는 인천 차이나타운에서 활동하는 조직의 두목이었다.

그런데 생긴 게 꼭 멧돼지 같아 오로지 돌격밖에 모를 것 같은 인상이다.

"예, 들어 보시겠습니까?"

"의외로군, 자네에게 묘안이 있다는 게."

생긴 모습과는 다르다는 뜻.

"말해 봐."

"펑다우에게 후쿠오카하나에서 급습했다가 실패했다고 들었습니다."

"그래, 아까운 기회를 놓쳤지."

"후쿠오카하나의 여주인을 족치면 놈들의 위치를 알 수 있지 않겠습니까?"

"어?"

"따거, 팡보의 말이 일리가 있습니다. 놈들이 다이묘 룸을 예약했다면 연락처를 남겼을 것 아니겠습니까?"

흥분한 센리우첸이 다시 말을 이었다.

"지금이 새벽 2시니 잠시 전열을 가다듬으며 쉬었다가 문을 여는 즉시 들이닥치면 어떻겠습니까?"

"흠, 몇 시에 열지?"

"몇 시에 열든 미리 가서 기다리고 있으면 되지요."

그때, 문이 열리고 수하가 들어오는 것을 본 펑다우가 물었다.

"첸린, 무슨 일이야?"

"따거, 누가 찾아왔습니다."

"누군데?"

"그게…… 우리가 쫓던 야쿠자들이 머물고 있는 숙소를 알고 있다고 했습니다."

"뭐?"

펑다우의 시선이 우치엔에게로 향했다.

"들어오라고 해. 일단 들어나 보게."

"모두 네 명입니다."

"상관없어. 여길 혼자 오기는 좀 그랬을 테니 이해해. 우린 정보만 정확하면 돼."

"첸린, 가서 데려와."

"예."

첸린이 나가고 잠시 후, 정광수와 팀원들이 들어왔다.

"펑다우, 통역해."

"예."

"그럴 필요 없소."

김창식이 나서자 우치엔이 놀란 표정을 지으며 말했다.

"어? 중국 말이 능숙하시구만."

"대화할 정도는 되오."

"그래, 정보를 가지고 오셨다고?"

"틀림없이."

"놈들은 어디에 있소?"

"이거 왜 이러시나. 나, 돈 벌러 온 사람이외다."

"아직 확인도 되지 않은 정보로 말이오?"

"정보는 확실하오. 내가 LD호텔의 청소 담당이니까요."

"엉? LD호텔? 청소 담당?"

"야쿠자들이 하는 말을 똑똑히 들었소."

"일본 말도 할 줄 아오?"

도리도리.

"아주 쪼끔 할 줄 아오. 하지만 놈들이 허겁지겁 나가면서 한 말은 정확하게 들었소. 각자 흩어져서 집결하는 장소 말이오."

"흠."

우치엔의 시선이 감창식을 예리하게 훑었다. 딱히 거짓말을 하는 것 같지는 않아 물었다.

"얼마를 원하오?"

일단 정보비를 들어 보고 판단해도 늦지 않았다.

"내 월급이 2백만 원이오. 홍콩 달러로 3천 정도요. 난 그것만 받으면 되오."

"3천 달러?"

"그렇소. 뭐, 별로 큰 정보도 아닌데 내가 원한다고 해서 무리한 금액을 주겠소이까?"

"허헛, 그렇긴 하오."

'영리한 놈이군.'

고작 3천 홍콩 달러로 정보를 살 수 있다면 이건 대박이었다.

"따거, 잠시만요!"

진지에펑이 우치엔의 앞을 가로막으며 나섰다.

"이봐, 여긴 어떻게 알고 왔나?"

'아차!'

예상치 못했던 질문에 내심 뜨끔한 김창식이 열심히 머리를 굴리다가 펑다우를 쳐다보았다.

이래서 아무리 계획을 치밀하게 짠다고 해도 허점이 있기 마련인 것이다. 고로 기지를 발휘할 때였다.

"저 양반이 여기 주인 아니오?"

"마, 맞소."

"내가 여기 자주 와서 음식을 먹고 가는 편이오. 그때 가끔 봤지요. 그리고 내가 쓰레기를 버리려고 나왔을 때 저 양반이 주차장에서 서성거리는 걸 봤는데……. 어라? 그리고 보니 당신들 전부 거기 있었던 것 같네요. 그래서 일본 애들이 중국 사람들과 뭔 일이 있구나 싶어서 그때부터 유심히 봤지요. 그러다가 아까 말했던 걸 들었지요. 그래서 혹시 여기 가면 정보를 제공하고 돈을 벌 수 있지 않을까 하고 친구들과 방문한 거요. 됐소?"

말을 하면서 등줄기에 식은땀이 흐르는 김창식이다. 겁이 나서가 아니라 작전이 틀어질까 싶어서다.

"으음, 그래도…….."

"됐다. 진지에평, 물러나라."

"따거, 신분 정도는 확인해야 하지 않겠습니까?"

"그렇지. 명함을 보여 주시오."

"하핫, 청소부는 용역을 받고 하는 일이오. 뭐가 자랑스러운 직업이라고 명함을 가지고 다니겠소? 대신 내 주민등록증과 LD호텔 전화번호를 알려 줄 테니 관계자에게 확인해 보는 건 어떻소?"

"그것도 괜찮겠지. 펑다우, 확인해 봐."

"예."

김창식에게 주민등록증과 전화번호를 건네받은 펑다우가 LD호텔 측과 통화를 하더니 이내 끊었다.

"따거, 근무하고 있다고 하는데요."

"그래?"

우치엔이 반색하며 급히 물었다.

"거기가 어디요?"

"일단 돈부터…….."

김창식이 손을 내밀었다.

"왕지, 내줘라."

"옙."

리우왕지가 지폐를 세서 김창식에게 건네주자, 동시에 김창식도 미리 준비한 종이쪽지를 건넸다.

"제가 확인하지요."

펑다우가 쪽지의 내용을 확인하는 순간, 눈이 번쩍하고 뜨였다.

"따거, 후쿠오카하나에서 멀지 않은 곳입니다."

"그래? 어서 준비해!"

"옙! 애들 모두 깨워!"

"모두 서둘러!"

흑사회 멤버들이 분분하게 움직이는 가운데 김창식과 팀원들은 손까지 흔들어 주며 유유히 밖으로 나갔다.

다음 권으로 이어집니다

200평 초대형 24시 만화방

수원시청점

로데오거리
●농협

●CGV
⑧ 수원시청역 8번출구

24시 만화방
3F

●홍콩반점

TEL: 031-226-3771
수원시 팔달구 인계동 1041-11 3층 24시 만화방

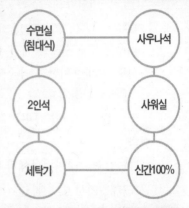

수면실 (침대식) ── 사우나석

2인석 ── 샤워실

세탁기 ── 신간100%

의정부점

의정부역 ④ ⑤
흥선지하도

◀서울방향

진성약국
던킨도넛츠

24시 만화방
3F

TEL: 031-856-3971
경기도 의정부시 의정부동 197-13 3층

안양점

●안양역
육교

◀관악역
명학역▶

●농협

24시 만화방
2F
안양일번가

TEL: 031-466-3771
경기도 안양시 안양동 674-163 공룡고기건물 2층

주안점

주안 남부역

◀제물포

민병철 어학원
간석동▶

24시 만화방 6F

TEL: 032-426-2871
인천광역시 주안남부역 지하상가 4번 출구 GS25시 건물 6층

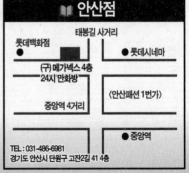

안산점

태봉길 사거리
롯데백화점
●롯데시네마

(구)메가벡스 4층
24시 만화방

〈안산패션 1번가〉

중앙역 4거리

●중앙역

TEL: 031-486-6981
경기도 안산시 단원구 고잔2길 41 4층

ROK
MEDIA

고샅 현대 판타지 장편소설

레이드 콜렉터

초능력? 훗, 그따위!
나에겐 **몬스터 능력**이 있다!

몬스터 가공 공장의 비정규직 유진성
몬스터를 흡수해 최종 진화를 꿈꾸는
괴생명체 에볼루션의 숙주가 되다!

에볼루션의 힘으로 해체 기술자가 되어
던전에서 몬스터 능력을 흡수한 진성
그동안 당해 왔던 갑의 횡포를
힘으로 깨부숴 나가는데……

「진화력 100% 완성!」
자, 그럼 다시 한 번 붙어 볼까?